LA CUCCIOLA DEL DRAGO

LOKI RENARD

Pubblicato da Stormy Night Publications and Design, LLC.
www.StormyNightPublications.com

Renard, Loki
La cucciola del drago

Traduzione di Sabrina Scalvinoni

Copertina di Korey Mae Johnson
Immagini di 123RF/Dmitriy Raykin, 123RF/Kostic Dusan,
123RF/Demetrio Mascarenas e Deviantart/Indigodeep

PROLOGO

"*H*a ancora l'umana con sé?"

A porre quella domanda fu una voce rauca e tonante, che lasciava trapelare un tocco di divertimento e incredulità.

La risposta fu una risata che sembrò una piccola esplosione alla luce del crepuscolo. "Sì. Secondo lui, può essere addestrata."

Due sagome all'apparenza umane sostenevano questa conversazione sull'orlo di una montagna, protetto da un piccolo margine fortificato. I loro occhi dorati, simili a quelli dei gatti, scrutavano l'orizzonte del pianeta che presto sarebbe appartenuto a loro. Non indossavano nulla e la loro nudità era motivo di orgoglio, piuttosto che di vergogna.

Avevano molto di cui sentirsi fieri: i loro corpi scolpiti, così come i loro volti dalle espressioni intense, che rimanevano eleganti nei momenti di riposo; erano corpulenti e muscolosi, con spalle possenti contrapposte a una vita stretta.

Erano guerrieri. Ogni centimetro del loro corpo era stato forgiato per la battaglia. Alla luce fioca del sole al tramonto, chiunque avrebbe potuto scambiarli facilmente per giovani dèi.

"Addestrarla equivale ad accoppiarsi con lei?"

"È così che le umane imparano, secondo il Generale Vyktor" rise il guerriero. "Chissà cosa si prova a infilare la propria verga dentro di lei."

"Lui ti taglierebbe la gola se cercassi di scoprirlo" replicò il compagno. "È più possessivo con lei di quanto non lo sia con i suoi gioielli."

"Signori."

Una voce più profonda e burbera interruppe i commenti salaci dei guerrieri sul loro comandante quando l'oggetto stesso della conversazione mise piede sulla sporgenza nel fianco della montagna.

Il Generale Vyktor era un esemplare eccezionale in entrambe le forme e non faticava a esigere il loro rispetto, cosa già di per sé difficile. Li fissò con i suoi penetranti occhi dorati e, quando si avvicinò loro, la postura dei due uomini cambiò all'istante: mentre prima se ne stavano in piedi a testa alta e con la schiena dritta, adesso chinavano il capo, in un inequivocabile segno di rispetto.

Il loro comandante era un uomo affascinante, il cui volto ampio presentava zigomi alti, un naso pronunciato e una mandibola forte. Osservò i suoi uomini con i suoi meravigliosi occhi dorati e uno sguardo perspicace. Pur non essendo affatto uno dei più anziani della loro specie, Vyktor aveva presto lasciato il segno nel gruppo dei guerrieri e aveva fatto carriera fino a raggiungere uno dei ranghi più elevati ancor prima che la maggior parte dei draghi della sua età decidesse di abbandonare il nido dei genitori. Aveva difeso con abilità quel rango per molti anni e in pochi osavano opporsi a lui. Di sicuro non questi due guerrieri, i cui occhi erano, ora, puntati verso i suoi piedi.

I draghi guerrieri rispettavano una cosa sola: la forza. Ogni centimetro del corpo del giovane generale era potente. Aveva un portamento che emanava la forza dimostrata in molte battaglie sia in questo semplice regno che nelle loro terre. Era nudo, proprio come loro. La sua virilità dondolava pesante tra le sue cosce.

"A breve, esibirò la mia cucciola, per imporle disciplina" annunciò. "Se mi faceste il piacere di dirigervi alla camera, ora... Vorrei che il mio pubblico fosse al completo."

I guerrieri non ebbero bisogno di farselo dire due volte: dopo aver ringraziato il generale, si diressero nella camera allestita appositamente per mettere in mostra la cucciola del drago. C'era una piattaforma rialzata, circondata da sbarre che sarebbero servite a ben poco con un drago, ma contro le quali la cucciola di Vyktor era impotente.

Mentre camminavano in fila e prendevano posto, la giovane donna nuda li guardò in cagnesco, con occhi ardenti. Nonostante fosse stata catturata, niente aveva piegato il suo spirito. Aveva le braccia incatenate sopra la testa e i piedi bloccati al suolo dai ceppi, non così stretti da provocarle sofferenza, ma rigidi a sufficienza da fare in modo che ogni centimetro del suo bellissimo corpo rimanesse in bella vista. Le umane erano così morbide e formose. Le curve dei fianchi della ragazza e il modo in cui il suo sedere e i suoi seni sporgevano attiravano inevitabilmente i loro sguardi. Aveva le gambe appena divaricate e un occhio attento si sarebbe subito accorto della lucentezza del suo desiderio che scintillava sulla parte interna delle cosce.

Gli uomini drago rimasero a guardarla con desiderio e curiosità. Prima di lei, nessuna persona era mai stata fatta prigioniera. Era proibito. Ma, ovviamente, il Generale Vyktor era superiore a questi decreti e libero di prendersi tutto quello che voleva. Quell'umana gli era piaciuta. Lo osservarono entrare nella gabbia con lei e videro come la ragazza reagiva di fronte a lui, con un lieve sospiro tremante.

"La mia cucciola si è comportata male" dichiarò Vyktor, prima di darle una forte sculacciata. La ragazza boccheggiò, mordendosi il roseo labbro inferiore mentre si dimenava, nuda, sul posto. "Pensa che l'obbedienza sia condizionata al suo desiderio di obbedire. Noi siamo qui per dimostrarle il contrario."

Le diede un'altra violenta sculacciata e la bella umana sibilò, torcendo le catene.

"Fa male!" protestò, rivolgendo una smorfia a Vyktor.

I draghi si scambiarono dei sorrisi compiaciuti. L'umana non aveva proprio idea della creatura con cui aveva a che fare. Vyktor era il primo della sua legione. Era uno dei guer-rieri più coraggiosi che avessero mai partecipato a una battaglia... e non era affatto noto per la sua misericordia. Con lei, stava usando dei modi incredibilmente gentili, eppure la ragazza non sembrava accorgersene. I piccoli buffetti amorosi che le arrossavano le natiche venivano somministrati con una percentuale ridotta della violenza di cui lui era capace e, in pratica, stimolavano solo il suo corpo a risplendere sotto la mano di Vyktor.

Le sue morbide curve descrissero un lento contorcimento quando Vyktor allontanò la mano dal sedere e le accarezzò il fianco, l'anca e il seno. Teneva gli occhi fissi nei suoi, esigendo la sua attenzione e dominando la sua forza di volontà.

"Dimentichi il tuo ruolo, cucciola" la sgridò piano.

I draghi si guardarono di nuovo con le sopracciglia alzate. La ragazza l'aveva almeno capito? Gli umani erano testardi, nel migliore dei casi, ma quella presa da Vyktor come cucciola era davvero cocciuta. Vyktor avrebbe dovuto saperlo: era una dei pochi umani volati nel cielo per affrontarli in battaglia; una lotta decisamente impari, a esclusione, forse, di quella che si stava svolgendo in quel momento, davanti a tutti, tra la loro forza di volontà.

La ragazza strattonò le catene, mentre il generale drago accarezzava il suo corpo. Quel contatto fisico le causava mille piccole reazioni, molte delle quali del tutto involontarie. Non poteva impedire al proprio respiro di accelerare, né alle pupille di dilatarsi. E, a quanto pareva, non poteva nemmeno impedire ai fianchi di inarcarsi e alle gambe di allargarsi, un innegabile invito all'accoppiamento.

La schiera di draghi era stata scettica all'inizio, quando Vyktor aveva rivelato la propria intenzione di prendere e addestrare un'umana, ma adesso non si poteva negare l'evidenza: era totalmente asservita a lui e, anche se a volte voleva resistere o, addirittura, disobbedire, non riusciva a impedire a se stessa di reagire proprio come voleva Vyktor.

Le dita del generale affondarono tra le sue cosce, trovando la sua carne stretta, calda e umida, e quella danza di disciplina ricominciò...

CAPITOLO UNO

U n mese prima...

Sopra il deserto del Mojave, un caccia fendette l'aria, lasciandosi dietro due bianche scie di condensazione. Lo guidava una giovane donna di nome Aria Thomas-Jones, una figura esile, legata saldamente alla cabina di pilotaggio del potente jet. Era decollata dalla base aerea Edwards quasi sette ore prima per compiere una missione di pattuglia in solitaria intorno all'aberrazione che aveva cambiato per sempre il corso della storia umana.

Il cielo azzurro della California cedeva il posto a una massa turbolenta e scura che si estendeva per chilometri nel cielo, prima incontaminato. Era sospesa sopra un edificio costruito in mezzo al nulla: un'installazione militare scientifica, ora completamente abbandonata. Nel terreno desertico c'erano ancora tracce del fuggifuggi delle persone, i solchi scavati qua e là dai loro pneumatici. Uno o due veicoli abbandonati erano stati distrutti dalla tempesta, che infuriava ormai da diverse settimane.

Ad Aria, sembrava l'azione di un tornado dopo averne estratto l'anima. Era tutto verde e grigio, con una pioggia incessante che aveva eroso qualunque cosa sulla quale si era abbattuta. Il frutto di un progresso scientifico andato storto. L'umanità aveva già previsto la catastrofe conseguente al progresso non appena i motori a vapore erano riusciti a trasportare una persona più velocemente di un cavallo. Era passato molto tempo, ma alla fine, quelle persone avevano avuto ragione nel modo più terrificante possibile. Il cielo era caduto, portando con sé un inferno talmente reale che le chiese di tutto il mondo erano gremite di gente, giorno e notte.

La tempesta, però, non aveva portato con sé alcun demone, e poi, non si trattava di una tempesta. In parole povere, era un buco.

"E pensare che si riteneva un problema grave il buco dell'o-zono" mormorò Aria tra sé e sé, sorvolando con l'aeroplano il perimetro esterno di quella cosa. C'erano occhi puntati su quell'anomalia a ogni ora del giorno e della notte. Era tutto ciò che potevano fare i militari per monitorare lo sviluppo della situazione, la quale si riferiva a un baratro nel tessuto stesso della realtà, attraverso cui venivano partorite creature che potevano essere etichettate solo come 'draghi'.

Erano rabbiosi e distruttivi e devastavano tutto quello che incontravano sul loro cammino. Per fortuna, molti abitanti erano stati evacuati quando l'impianto di fusione sperimentale che aveva generato quella mostruosità aveva iniziato a mostrare segni di malfunzionamento. Dopo i disastri precedenti, la gente aveva iniziato a nutrire un sano rispetto nei confronti dei guasti energetici, e l'evacuazione dettata dal panico aveva senza dubbio salvato molte vite.

Fino a quel momento, le vittime erano state relativamente poche e perlopiù un problema secondario rispetto ai danni causati dai draghi, piuttosto che i draghi stessi, ma ciò non significava che non sarebbero aumentate nel tempo. Inoltre, non per questo i draghi erano meno pericolosi.

Aria regolò di poco la rotta, spostandosi dalla traiettoria di pattuglia e dirigendosi verso il portale vero e proprio. Forti venti battevano il suo aereo, costretto ad attraversare una serie di turbolenze. All'inizio, Aria aveva provato un nodo allo stomaco, ma adesso iniziava ad abituarsi, combattendo contro gli elementi che diventavano sempre più furiosi e vorticosi vicino al centro della cosa. Non avrebbe dovuto avvicinarsi così tanto, ma la curiosità l'aveva sempre attirata ben oltre il confine ufficiale. Di solito, le tiravano le orecchie per questo, ma nel bel mezzo di una battaglia molto diversa da quella che chiunque potesse immaginare, non c'era tempo da dedicare ai rimproveri.

Vide il lampo di un'ala scura tra le nuvole e la curva di un corpo innaturale che si sollevava, allora provò una reazione molto simile a quella di una nuotatrice che vede una pinna sporgere dall'acqua. Ecco i draghi. Ce n'erano a centinaia. Il rumore dell'atmosfera terrestre che infuriava per la ferita inferta alle sue profondità copriva i loro ruggiti e il rombo del motore dell'aeroplano, mentre Aria sfrecciava tra le nuvole gonfie.

Era pericoloso volare così vicina. Faceva affidamento sulla nuvola stessa affinché i mostri che volteggiavano al suo interno non la vedessero, altrimenti, se l'avessero scorta e inseguita, il caccia non sarebbe bastato a proteggerla. Ciò che la attirò nonostante il pericolo, e che l'aveva attirata fin dall'inizio, era stata la quiete che secondo lei avrebbe dovuto trovare al centro del caos, il punto d'incontro tra i due mondi. Alcuni dicevano che, se si volava nell'occhio dell'apertura, si sarebbe visto l'altro regno e, forse, lo si sarebbe potuto attraversare.

Aria lo desiderava così tanto da riuscire quasi ad assaporare l'idea. Oltrepassò le zone ad alta e bassa intensità, a volte con la bile in gola, aggrappata alla coscienza mentre sfidava intense forze gravitazionali alla ricerca del centro del portale attraverso il quale la Terra era stata invasa.

"Pericolo! Torna alla base!"

La sua radio prese vita con uno scoppiettio.

Aria imprecò mentre l'aeroplano iniziava a darle ordini tramite la voce del suo comandante. "Sei oltre il perimetro. Torna subito alla base!"

Sembrava furioso. In ogni caso, Aria pensò di non eseguire l'ordine. La turbolenza era sufficiente a provocarle la nausea, o lo sarebbe stata se lei avesse avuto lo stomaco pieno, ma stava per scorgere qualcosa che pochissime persone avrebbero visto con i loro occhi. Un solo pilota era entrato nel portale e non era più tornato. Nessuno sapeva cosa gli fosse successo dall'altra parte, ma Aria voleva scoprirlo.

Si stava avvicinando al nucleo di quella cosa, e la nube scura, densa e giallastra cominciava a dissiparsi. Un'ombra calò sulla sua cabina di pilotaggio, quella di una creatura infinitamente più potente di lei, quando uno dei draghi le passò sopra la testa. Scomparve dopo parecchi secondi, ricordandole con cosa aveva a che fare.

"Pazzesco" mormorò tra sé e sé, virando per tornare sotto la nuvola. Reimpostò la rotta per tornare alla base, con un pizzico di rimpianto e una vaga rimostranza per la sua vigliaccheria. Si era intrufolata nella nuvola molte volte in passato ma, a quanto pareva, non trovava mai il coraggio di raggiungere il punto centrale. La paura diventava sempre troppo grande ben prima che potesse spingere l'aeroplano oltre quella barriera finale.

Per certi versi, quello che vide una volta uscita dalla nuvola infestata dai draghi fu di gran lunga peggiore delle creature oscure che la popolavano. La terra portava le cicatrici della loro invasione per miglia tutt'intorno a lei. I veicoli per strada erano stati abbattuti e gli pneumatici si erano fusi sull'asfalto a causa del fuoco sputato dai draghi. Le città erano state rase al suolo, e di quei piccoli e semplici insediamenti erano rimasti solo le fondamenta e i seminterrati. C'erano lunghi tratti carbonizzati dove prima non era mai esistito nulla, ma i draghi avevano deciso comunque di scatenare il loro fuoco, senza lasciarsi alle spalle alcunché.

E poi c'erano le foreste, che avevano preso fuoco in alcuni punti dove l'incendio era fuori controllo. I servizi di emergenza avevano un bel daffare a spargere una quantità sufficiente di ignifugo nell'aria e, sebbene l'aeronautica si concentrasse anche su questo problema, si trattava di un ulteriore pericolo che nessuno doveva per forza affrontare. Dal cielo, Aria vedeva pennacchi di fumo in ogni direzione lungo la costa.

Fortunatamente per lei, la base stessa era ben protetta da armi di difesa contraerea, efficaci contro i draghi quanto contro gli aerei. Ma non si poteva ricoprire il mondo intero di artiglieria pesante, e molte aree del pianeta erano state lasciate scoperte. Gran parte della California era già andata perduta, però la battaglia non si era interrotta. Armamenti e aerei provenienti da tutto il continente venivano sacrificati contro i draghi, arrestandone in parte l'invasione.

Aria eseguì un volo circolare d'attesa sopra la base, che contattò via radio.

"Qui è Pericolo, chiedo il permesso di atterrare."

La radio di Aria gracchiò quando il controllore di volo le rispose.

"Puoi atterrare, Pericolo. Portalo giù."

Dopo meno di un minuto, il jet Tornado stridette sulla pista di atterraggio, con gli inversori di spinta che strepitavano per lo sforzo necessario a impedire al velivolo di superare il bordo, andando a schiantarsi contro uno degli hangar. Aria pilotava un aereo più vecchio, ma il suo Tornado stava facendo un ottimo lavoro e teneva testa ai modelli più recenti e fiammanti, guidati dai top gun.

Non ne erano rimasti molti, ormai, di quegli aerei. I draghi li distruggevano con la massima efficienza, quando volevano. Aria era ancora tutta intera solo perché non si era mai scontrata direttamente con loro. I suoi incontri nella nuvola del portale non erano mai stati aggressivi, perché la nuvola le aveva impedito di scorgere bene qualsiasi drago al suo interno, e forse anche perché essa l'aveva protetta dai loro attacchi.

La base era una città fantasma in confronto a com'era stata prima della guerra. Il tasso di turn over era così alto che la maggior parte degli aerei era collocata molto più a est. A dire il vero, la California era stata scartata per ordine diretto. Aria e poche altre anime stoiche erano rimaste al fronte, un fronte già perduto.

Fu un sollievo per lei togliersi la maschera per l'ossigeno dal viso e aprire la cabina di pilotaggio, almeno finché non colse l'odore del fumo che impregnava l'aria quasi costantemente. Faceva caldo dentro la tuta da pilota, e lei era madida di sudore, esausta per quel volo in solitaria di otto ore sopra la California. Era stata un'esperienza deprimente e irritante vedere le città dai contorni carbonizzati, come patatine fritte troppo a lungo, e la campagna attraversata da quei tratti di terra scuri e in fiamme.

Si tolse il casco e imprecò: "Cazzo."

"Proprio dura, eh?" Il suo ufficiale comandante le andò incontro sulla pista di atterraggio. Era il sergente pilota Rory Wetherstone, canuto e con i segni del servizio sul viso, l'unico uomo che era stato disposto ad averla nella sua unità e la cosa più simile a una figura paterna che rimaneva ad Aria.

"Se questo è il mio rapporto" disse lei, asciugandosi la faccia sulla manica dell'uniforme, "allora posso dichiarare ufficialmente: che vada tutto a fanculo."

Rory soffiò con il naso. "Forse ci servirebbe un rapporto più dettagliato, aviatore."

"Ogni cosa da qui a Las Vegas è fottuta" dichiarò lei senza mezzi termini. "Le foreste sono ancora in fiamme, così come alcune città. Ho contato almeno un centinaio di lucertole tra andata e ritorno, e ho gettato alcuni pacchetti di aiuti su Los Angeles, nel caso in cui fossero rimasti ancora dei civili intrappolati laggiù."

"Nessuna delle lucertole ha tentato di attaccarti?"

"Non ne ho scorta nessuna" rispose Aria con tristezza, omettendo le ombre e le sagome che aveva visto nella nube temporalesca. "Però ho visto cos'hanno fatto. Darei qualsiasi cosa pur di piazzare un missile proprio nel cuore di uno di quei cosi."

"Ne avrai la possibilità molto presto. Vai a lavarti" disse Rory, dandole una pacca sulla schiena. "E riposati un po'. Te lo sei meritato."

Aria non sapeva se se lo fosse meritato o meno, ma di sicuro ne aveva bisogno. Era stanca morta dopo quel volo. L'adrenalina dovuta alla prospettiva di dirigersi verso il portale l'aveva tenuta sveglia, ma stava scemando velocemente adesso che lei aveva toccato terra. Tirando un fumoso sospiro di sollievo alla prospettiva di una sorta di riposo, si diresse verso la caserma e si abbandonò su una brandina nella sala comune, dove rimosse la rete che teneva fermi i suoi lunghi capelli biondi, folti e sporchi. Dopo diverse lunghe missioni, aveva pensato di tagliarli corti, ma ormai erano l'unica cosa che le ricordava il periodo antecedente al lavoro nell'esercito. A quei tempi, le cose erano più semplici. Lei era più semplice.

Volare era sempre stata la passione di Aria. Aveva iniziato a prendere lezioni da suo padre, quando aveva solo cinque anni. Lui era morto dopo il suo quindicesimo compleanno. Aria non aveva mai conosciuto sua madre. Per diversi anni dopo la sua morte, ad Aria era stata negata l'opportunità di volare. Era stata mandata a vivere con sua zia, una donna che, dopo aver deciso che l'educazione di Aria era stata pessima, aveva trascorso i tre infelici anni successivi a cercare di cambiarla in tutto e per tutto, disperandosi poi per l'inevitabile ribellione della nipote.

A diciassette anni, quest'ultima aveva rubato un aereo per il puro desiderio disperato di vedere il cielo. Fortunatamente per lei, era successo in un piccolo campo d'aviazione in Kansas e il proprietario si era mostrato molto comprensivo: invece di sporgere denuncia o di fare un reclamo all'autorità per l'aviazione, l'aveva incoraggiata a svolgere l'addestramento militare. Il resto era storia, una storia variegata con una quantità quasi impossibile di note, commenti e voti nel suo curriculum. Una volta, aveva visto il suo fascicolo e sembrava una copia di *Guerra e pace*. Aria non aveva mai dubitato di riuscire a diventare pilota dell'aeronautica militare, se non fosse stato per l'invasione. Quel nomignolo, 'Pericolo', la diceva lunga: sia che si cacciasse nei pasticci o che si verificassero semplicemente non lontano da lei, i guai tendevano a seguirla ovunque.

Accese la televisione sul canale delle notizie e seguì l'unico argomento dei programmi TV degli ultimi tempi: la guerra.

Stavano dando l'ennesima retrospettiva, con filmati di folle che festeggiavano e applaudivano nel deserto del Mojave intorno a quell'edificio ora distrutto, con i loro autobus dai colori vivaci, gli abiti tribali, le bande e i numeri da circo. Come il Burning Man, ma per una centrale elettrica. Power Man, l'avevano chiamato. La ragione di quell'eccitazione era ovvia e aveva toccato tutti. L'impianto di iperfusione prometteva una fonte di energia infinita e completamente pulita. Non ci sarebbe stato più bisogno di petrolio, gas o mulini a vento. Perfino il nucleare non sarebbe stato più necessario. Avevano scoperto un modo per trasformare lo spazio tra gli atomi in energia pura, così dicevano i notiziari di tutto il mondo.

Alcune persone avevano protestato, ma certi individui protestavano sempre e nessuno aveva badato a loro. I filmati dei notiziari mostravano alcuni dei loro segni misteriosi, con bare e citazioni tratte da vari libri riprodotte sui loro corpi, ma non avevano interrotto la festa, durata tre giorni interi prima dell'attivazione.

Il mondo intero aveva trattenuto il fiato mentre il nuovo reattore veniva avviato, dopodiché aveva liberato quel respiro con un grido.

La stazione si era rifornita di energia, come previsto, ma invece di convogliarla nello spesso cavo collegato alla rete della California, l'aveva eruttata verso il cielo, aprendo un buco nel tessuto spazio-temporale. Gli scienziati avrebbero detto poi che si trattava di una frattura verso una dimensione sorella, ma ormai non importava più, perché erano arrivati i draghi. Si erano riversati nella frattura con le loro enormi ali di pelle, seminando fuoco e distruzione tra i partecipanti alla festa. Il festival era stato avvolto dalle fiamme e dalla paura, mentre le telecamere della stampa inquadravano creature che sembravano uscite da un film. Erano i demoni della super-coscienza dell'umanità, tanto spaventosi quanto le leggende li avevano descritti, a maggior ragione perché erano reali.

All'epoca, Aria stava partecipando all'addestramento per i piloti. Era abile, e alcuni dicevano addirittura che fosse portata per il volo, ma la sua tendenza a inimicarsi i superiori le metteva i bastoni fra le ruote. Senza la venuta dei draghi, probabilmente, sarebbe stata espulsa per surplus di requisiti. Invece, avevano incollato un paio di ali sulla sua uniforme, affibbiandole il nominativo 'Pericolo' e spedendola infine nei cieli. L'unico modo efficace per combattere contro i draghi era in cielo, e ogni pilota era essenziale. Erano stati reclutati anche piloti civili, perché i voli commerciali erano rimasti a terra. Volare era troppo pericoloso, salvo trovarsi su un aereo carico di missili.

"Che porcheria" mormorò tra sé e sé, passando da una stazione all'altra per guardare mezzibusti nei bunker che discutevano della situazione. Alcuni dicevano che non era stato dato spazio alla diplomazia e che il governo si sarebbe dovuto impegnare di più per contattarli e raggiungere un accordo di pace. Altri sostenevano che per fermare i draghi servisse la progettazione di un tappo gigantesco. Altri ancora insistevano sul fatto che i draghi non sarebbero mai riusciti a passare, se non fosse stato per le persone che usavano così spesso i forni a microonde. La gente era presa dal panico e il mondo sull'orlo del collasso economico per l'effetto domino dei mercati azionari.

Anche se avessero avuto i draghi sotto controllo l'indomani, sarebbero stati necessari anni, se non decenni, per ripulire tutto. E se controllare i draghi si fosse rivelato impossibile... beh, niente di tutto questo avrebbe avuto importanza.

I passi fuori dalla porta annunciarono l'arrivo del suo ufficiale comandante, il cui volto sembrava molto agitato.

"Aria, ho bisogno che tu parta di nuovo! Una lucertola solitaria ha attraversato il confine di Los Angeles, e il principale stormo di difesa ha decollato in tutta fretta a sud un'ora fa. Esci e caccia via quella lucertola dalla città!"

Di punto in bianco, Aria non si sentì più stanca. Il concetto stesso di stanchezza fu dimenticato, mentre correva verso il suo aereo e saltava nella cabina. Dopo essere stato rifornito di carburante e collaudato, era pronto per il decollo. Aria si ritrovò in cielo ancor prima di pensare chiaramente a cos'avrebbe fatto con quel drago. I missili aria-aria erano a bordo e, in passato, si erano dimostrati efficaci contro alcune lucertole, anche se lei non li aveva mai usati.

Puntò verso Los Angeles, impostando la rotta necessaria, nella speranza di incrociare il drago. Durante l'invasione iniziale, i draghi avevano riempito i cieli, così numerosi da gettare un'ombra per miglia e miglia, ma alcuni erano tornati al portale, e si diceva che altri stessero organizzando delle basi o delle tane in zone remote. Non c'erano vere informazioni sulla loro posizione o su cosa stessero facendo. Di solito, i droni inviati alle loro calcagna finivano fusi o carbonizzati.

L'unico barlume di speranza risiedeva nella distanza di volo dei draghi. Sembravano essere in grado di raggiungere un massimo di mille miglia, quindi non erano arrivati al continente europeo principale grazie alla presenza degli oceani. La rotta dell'Alaska era fuori uso a causa della loro apparente incapacità di resistere alle temperature gelide di quella regione. In questo momento, erano frenati dal clima invernale in America centrale, che rappresentava una buona notizia per il resto del mondo, ma una brutta notizia per gli Stati Uniti in particolare, dove si concentrava la maggior parte dell'attività.

Controllando il suo armamento, Aria si assicurò che tutto fosse in ordine e pronto all'azione. Forse, avrebbe dovuto provare paura, invece era quasi entusiasta di combattere contro un drago a distanza ravvicinata e in prima persona.

"Ti allontanerò dalla città" promise sottovoce, mentre i suoi occhi scrutavano il cielo alla ricerca di eventuali problemi.

Se il comandante non l'avesse mandata in missione, si sarebbe comunque offerta volontaria. Aria era impaziente di affrontare uno dei draghi in una battaglia nei cieli. Era pericoloso, ma niente poteva resistere a un missile aria-aria. Ovviamente, ciò riguardava solo una delle due parti: i draghi avevano capacità offensive spaventose, roventi scariche di fuoco che avrebbero fuso le componenti elettroniche e fatto precipitare l'aereo in un pennacchio di fumo.

Gli scienziati militari stavano lavorando a una tecnologia di schermatura termica, ma ad Aria non sarebbe servita a nulla. Avrebbe dovuto virare con forza per evitare quelle scariche, pur avvicinandosi abbastanza da dare inizio a una battaglia decente con il drago. Era un combattimento pompato di steroidi, e lei si sentiva pronta.

Con un'uccisione confermata, si sarebbe guadagnata il distintivo di ammazzadraghi: non ce n'erano tanti ed erano molto significativi. Aria era ansiosa di dimostrare di non essere solo una combinaguai. Voleva fare qualcosa per dimostrare a tutti che, nonostante non fosse sempre facile darle ordini, meritava le sue ali.

Ma oltre a tutto ciò, bisognava risolvere il problema dei draghi. Ogni uccisione era importante. L'estate stava arrivando, e vaste aree del paese, attualmente protette contro le lucertole grazie alla neve e alle temperature rigide, avrebbero presto perduto quel vantaggio. C'era anche la possibilità che i draghi iniziassero a muoversi tra gli umani senza essere scoperti: poco ma sicuro, potevano assumere la forma umana. C'era un filmato di un drago morente che lo ritraeva mentre si trasformava quasi in un umano, una scena non piacevole da guardare, ma che confermava un fatto importante: non si era mai verificata un'invasione del genere. Avevano a che fare con creature in grado di sputare fuoco e di abbattere un caccia con le zanne e gli artigli, e che potevano anche mutare forma per aggirarsi tra la popolazione umana. Guardandoli da vicino, in effetti, avevano un aspetto diverso: i loro occhi non erano normali, tanto per cominciare, e in alcuni punti la loro pelle era squamata, ma tutto questo poteva rimanere potenzialmente nascosto.

"Saranno solo cazzate" imprecò tra sé e sé. Aveva visto anche lei quel filmato, eppure non le sembrava reale. I draghi erano enormi. La maggior parte di loro superava le dimensioni degli autobus, avvicinandosi piuttosto a quelle delle balenottere azzurre, con enormi ali e la capacità di sputare fuoco. Come riuscivano ad assumere la forma umana? E perché avrebbero dovuto farlo? E quali altre forme erano capaci di assumere, se quella umana non fosse stata l'unica disponibile?

C'erano così tante domande, e Aria non aveva alcuna risposta. Forse, era questo il motivo per cui si sentiva così attratta dal portale. Anche lei doveva ammettere che era strano odiare i draghi e, al contempo, provare la tentazione di volare nel cuore stesso di un mondo che doveva esserne pieno.

Mentre si avvicinava a Los Angeles, interruppe quel monologo interiore e si concentrò sul problema urgente. Certo, proprio come aveva detto il comandante, un drago si aggirava nella periferia della città. Non sembrava intraprendere azioni ostili... per il momento.

Aria stava volando quasi alla velocità massima consentita dal Tornado, a venti miglia al minuto. A quella velocità, il drago sembrava profilarsi fuori dal cielo, mentre volava con movimenti sinuosi, contorcendosi come un serpente alato. A differenza dei draghi tra le nuvole del portale, Aria riuscì a distinguerlo chiaramente. Quell'immagine le suscitò un profondo orrore esistenziale, che fece diventare il suo stomaco pesante come piombo. Quella creatura non poteva essere reale. Si muoveva in cielo come se l'aria fosse stata acqua. Il suo corpo possente e affusolato terminava con una testa feroce, dotata di zanne capaci di stritolare un carro armato.

A distanza, le era sembrata una sagoma scura che si stagliava contro lo skyline in fiamme, ma adesso vide che era di una tonalità ramata, con striature di nero intorno agli occhi e sulla colonna vertebrale. Più lei si avvicinava, più si avvicinava anche la creatura. L'aveva individuata e si stava muovendo verso di lei, con ali e fauci spalancate. Adesso, doveva stare molto attenta con il raggio d'azione. A una distanza eccessiva, avrebbe potuto mancarlo con le sue armi, mentre a distanza ravvicinata sarebbe rimasta fregata.

Aria aprì la protezione del pulsante del missile aria-aria e vi appoggiò il dito per un secondo. Una preghiera le passò per la testa, quasi spontanea: una parte di lei che reagiva all'enormità del gesto che stava per compiere.

Clic.

Il missile venne espulso dalla pancia del suo aereo. Era un colpo mortale: il missile puntava dritto al cuore della bestia. Aria contò i secondi prima che il drago esplodesse in brandelli di carne carbonizzata, ma all'ultimo momento l'animale roteò con grazia, compiendo uno di quei facili movimenti che le suscitavano quasi invidia. Il missile si perse nel cielo infinito.

Erano così vicini, e Aria stava per scontrarsi con il mostro. Spostò l'aereo di lato, mentre il drago la superava in volo. Per un breve istante, Aria e il drago si guardarono l'un l'altra. Il viso di lei era nascosto dalla maschera mentre guardava negli occhi la possente bestia che le teneva testa, miglio dopo miglio. Fu attraversata da un tremore, dal riconoscimento di qualcosa. Una profonda consapevolezza istintiva, quella che ha un topo al primo incontro con un gatto.

Deviò e l'aereo descrisse una parabola laterale nel cielo, poi scivolò verso il basso, sotto il drago, e risalì alle sue spalle. Inquadrò di nuovo il bersaglio. Un altro lancio. Il missile lo mancò.

"Cazzo!" gridò Aria frustrata. Due fallimenti non erano di buon auspicio per quella missione. In guerra, di solito, non si aveva una terza possibilità. E adesso, il drago era passato all'attacco.

Dividendo in due il cielo, stava per piombarle addosso. Aria tirò la barra di comando e l'aereo deviò di colpo dalla traiettoria del drago. La terra e il cielo sembrarono invertirsi più volte prima che lei riuscisse a raddrizzarsi. A quel punto, avvistò Los Angeles e le venne un'idea. Anche se tecnicamente le era stato detto di portare il drago lontano dalla città, forse avrebbe potuto eseguire gli ordini disobbedendo.

Era felice di essere nel suo Tornado. Alcuni altri piloti le avevano rivolto aspre critiche, ma a differenza dei loro velivoli nuovi, il suo aereo poteva volare ovunque, più o meno a qualsiasi velocità, e il volo a bassa quota era una specialità di quel modello. Ciò significava che aveva qualche possibilità di sfuggire a quell'essere dietro di lei usando il cervello al posto dell'acceleratore.

Descrivendo una parabola, Aria si diresse verso Los Angeles. La città si era svuotata dopo i primi attacchi dei draghi. Erano rimasti alcuni irriducibili sulle colline e, forse, anche nei bunker sotterranei, ma non li avrebbe messi in pericolo con il suo piano, anche se avrebbe offerto loro un bello spettacolo.

Attraversò con un rombo il Sunset Boulevard, con il drago alle calcagna. L'apertura alare della creatura e la necessità di sbattere le ali a bassa velocità le impedirono di raggiungere Aria in un canyon battuto dal vento che un tempo aveva ospitato una sfolgorante serie di negozi, uffici, speranze e sogni.

La città vera e propria era abbastanza grande da credere di avere qualche possibilità di seminare il drago, se avesse usato la manovrabilità superiore del Tornado infilandosi tra gli edifici e attraversando i suoi labirinti.

Roteò i comandi e l'aereo svoltò di lato, scivolando su una lingua di vento mentre il mezzo rombava tra scintillanti grattacieli di vetro. Alle sue spalle, il drago avanzò insieme a lei e scivolò altrettanto facilmente tra gli edifici.

"Maledizione! Levati dalle scatole!" ringhiò a denti stretti.

Il drago le si avvicinò a una velocità impressionante, riuscendo a stare al passo a ogni svolta e sterzata. Aria pensò troppo tardi di aver preso la decisione sbagliata, volendo seminare la bestia a bassa velocità. Se non altro, era più agile di lei. Avrebbe dovuto fare in fretta.

Dopo l'ultima svolta, Aria tirò indietro la barra di comando per far impennare di colpo il Tornado. Stava sopportando diverse g di accelerazione, ma era il prezzo da pagare per seminare un drago. Dovette tendere i muscoli per rimanere sveglia e non perdere i sensi, mentre la forza cercava di causare una diminuzione dell'afflusso di sangue al cervello. Con una tremenda vibrazione, l'aereo si arrestò, poi Aria sentì il suono peggiore che un pilota potesse mai sperimentare: quello del silenzio.

Si verificò un momento di assenza di gravità, mentre la sua ascesa si interrompeva... poi iniziò a precipitare. I motori, che ormai non funzionavano più, la trascinarono inesorabilmente verso la Terra.

"Cazzo! No!" Aria passò in rassegna tutti i comandi e i sistemi per riattivare i motori spenti, ma non servì a nulla.

Qualcosa non andava. C'era qualcosa di bloccato o di tranciato, oppure... un altro problema. Al momento, non era fondamentale scoprirlo, perché Aria non poteva proprio farci niente.

I meccanici che di solito eseguivano la manutenzione erano sotto pressione in quel periodo, quindi poteva essere passato inosservato qualche guasto. Il Tornado aveva diciannove anni ed era solo di due anni più giovane di Aria. Molte cose potevano andare storte in diciannove anni. L'oggetto e il motivo della colpa non erano davvero importanti, quando l'aereo cominciò a puntare verso il basso. Quella caduta poteva terminare con un unico risultato.

Imprecando, Aria tirò la barra di comando, nell'intento disperato di girare il muso del velivolo verso l'alto. La mancanza di potenza non equivaleva per forza a un incidente, al contrario di una rotazione durante una discesa in picchiata. Guardò il pulsante del seggiolino eiettabile, ma decise di non usarlo. Era già troppo bassa per un'espulsione sicura, che avrebbe potuto azzopparla se il tettuccio non si fosse aperto o se il meccanismo non fosse scattato nel modo corretto.

Nei trenta secondi successivi, Aria combatté con il suo aereo contro le leggi, reali e letali, della fisica che minacciavano di porre fine alla sua vita. Mentre precipitava al suolo, si era dimenticata del drago.

"Non così" implorò l'aereo. "Dai, bellezza, ancora un miracolo!"

Mancavano pochi secondi all'impatto. Sebbene l'aereo si fosse messo in assetto orizzontale, andava ancora troppo veloce. Gli inversori di spinta erano fuori uso e il Tornado era sprovvisto di paracadute. Era fregata. A occhi chiusi, recitò le preghiere in attesa della fine.

Fwomp! Creeeeeeeeeeeeeeeeeeeeeeeeeeeeeek.

Ah. Ecco qual era il rumore della morte.

Aria impiegò un momento a capire che non si era schiantata al suolo. L'aereo tremò e il muso puntò leggermente più in alto. Aprì gli occhi e scoprì che il drago l'aveva afferrata con gli artigli, affondandoli nella superficie del velivolo e impadronendosi dei montanti. Sopra di lei, riuscì a vedere le possenti ali della bestia che sbattevano con violenza, sollevandola abbastanza da trasformare l'incidente in un atterraggio non letale.

Il Tornado finì nel deserto con un urto abbastanza intenso da scuotere tutte le sue ossa, lasciandola però illesa.

Aria stentò a crederci. Si era arrestata sulla terraferma e, grazie a un miracolo incredibile, era viva e tutta intera. Probabilmente, le sarebbero venuti dei lividi, ma cos'erano dei lividi quando avrebbe dovuto ridursi a una macchia nel deserto del Mojave?

Un forte tremore annunciò l'atterraggio del drago davanti a lei. Il suo corpo si arrotolò su se stesso, incuriosito, mentre la sua testa incredibilmente grande gettava un'ombra sulla cabina di pilotaggio.

"Ah. Porca puttana!" imprecò Aria. La sua gioia celebrativa si tramutò in paura quando la testa del drago si sollevò per scrutarla dall'alto. La creatura si mosse verso di lei, lentamente e dondolandosi sulle anche, ma non per questo era meno temibile.

Blam!

Una delle grosse zampe del drago atterrò sul muso stesso dell'aereo, tenendolo fermo mentre le altre zampe si avvicinavano a lei. Ci fu un breve lasso di tempo in cui Aria credette quasi che il tettuccio della cabina di pilotaggio l'avrebbe ancora salvata, ma pochi secondi dopo, esso venne strappato via da artigli potenti e la ragazza si ritrovò a guardare il muso... o meglio, il naso del drago, la cui testa spaventosa era a pochi centimetri dalla sua, con un caldo alito di zolfo che le causò un conato di vomito. Era così che sarebbe finita, un sol boccone per una lucertola demoniaca?

Aria preparò i missili e li sparò contro la bestia, un colpo dopo l'altro. Le fischiarono le orecchie mentre la maggior parte dei proiettili si limitava a rimbalzare sulle squame della creatura e a finire, innocua, nella polvere. Solo un missile riuscì ad arrivare a destinazione: quello che finì su per il naso del drago. Quest'ultimo tirò indietro la testa, soffiò con il naso e starnutì, ricoprendola di un muco denso e gelatinoso.

"Bleah!" Aria ripulì la visiera del casco dalla secrezione della creatura. "Sei disgustoso, lo sai? E brutto!"

"Non è molto educato rivolgerti in questo modo a colui che ti ha appena salvato la vita." rispose una voce incredibilmente profonda e dall'accento marcato.

Aria si era persa il momento della trasformazione mentre era ricoperta di liquido appiccicoso, ma il drago era sparito di colpo. Al suo posto, c'era una specie di uomo, che stava in piedi accanto alla cabina di pilotaggio aperta. Era molto alto, dalle spalle ampie e decisamente nudo, con uno strato di squame dure sulle spalle, sui bicipiti e sul petto. Era bellissimo. Aria non rimase sorpresa. I draghi avvistati in forma umana erano tutti piuttosto attraenti per gli standard dei terrestri. Come la maggior parte dei membri della sua specie, i lineamenti del suo volto erano netti e alquanto spigolosi. Sembrava essere stato scolpito, piuttosto che partorito. I suoi occhi avevano una sfumatura dorata e le sue pupille feline le suscitarono un brivido in tutto il corpo.

Lo sguardo di Aria scese per un innegabile istinto naturale. Guardando in basso, vide il suo sesso, molto grosso e dotato di squame alla base. In sostanza, dove gli esseri umani avevano i peli, questo drago sembrava avere delle squame lucenti. I suoi capelli ispidi, scuri e attraversati da striature rosso fuoco, sfioravano quasi le spalle. La sua pelle presentava una carnagione dalla tonalità simile in alcune parti, era abbronzata e di una sfumatura di rosso più intensa dove il corpo era ricoperto di squame.

"Ti piace quello che vedi?"

Aria tornò a guardarlo in faccia e notò che la stava osservando con un sorriso arrogante. La situazione lo divertiva.

"Non stavo..." La sua risposta si spense. Non aveva bisogno di dargli spiegazioni: lui era il nemico. *Il nemico che ti ha appena salvato il culo*, le ricordò una parte indesiderata del suo cervello.

"Vattene a fanculo" disse a quel... coso. Tenendo la pistola sollevata, premette diverse volte il grilletto. Ovviamente, fu tutto inutile. Non c'erano proiettili magici nella camera di scoppio. Era a corto di munizioni e di fortuna.

"Hai finito?" Lui sorrise con la testa inclinata di lato, divertito dai suoi sforzi.

"Non avrò finito finché non sarai morto" sibilò Aria.

"Parole coraggiose di una piccola guerriera coraggiosa" riconobbe lui. "Ma dato che non riesci a uccidermi, umana, riponi quell'inutile pezzo di metallo e scendi da questo aggeggio."

Il relitto del Tornado era l'ultima protezione rimastale. Non poteva uscire dalla cabina di pilotaggio, né avvicinarsi a quella maledetta lucertola.

"No, cazzo" si rifiutò.

L'uomo drago alzò gli occhi al cielo con un'espressione che le ricordò l'esasperazione umana.

"Devo insistere" replicò. "Sarebbe una perdita di tempo salvarti la vita per vederti morire subito dopo."

"Cosa stai... ehi!" gridò Aria quando lui si precipitò in avanti, la afferrò e la trasportò di peso fuori dalla cabina distrutta, tagliando le cinture a mani nude come se niente fosse. Attraversò il deserto di buona lena con il suo carico che scalciava e urlava.

Trenta secondi dopo, Aria capì il perché.

Fwomp!

I resti del Tornado presero fuoco: probabilmente, il gas fuoriuscito dai serbatoi rotti era entrato in contatto con una linea elettrica scoperta. Avrebbe dovuto pensarci prima.

L'avrebbe fatto, se non fosse stata affrontata da un drago del cavolo, che adesso la cullava tra le sue braccia in un modo che trovava molto sconcertante.

"Devi essere terrorizzata," meditò lui, "per prepararti a bruciare sul tuo aereo piuttosto che venire con me... oppure, sei molto stupida."

Aria socchiuse gli occhi, ma non fiatò. Non aveva niente da dire a quella lucertola. Non si doveva parlare con quei mostri. Dovevano essere spazzati via dalla faccia della terra.

Lui la rimise in piedi e Aria si spolverò i vestiti, come se la maggior parte dei suoi problemi fosse racchiusa in una manciata di polvere.

"Come ti chiami, umana?"

Gli avrebbe fornito il nome e il grado. "Aria Thomas-Jones, primo aviatore."

"Bene, Aria Thomas-Jones, primo aviatore" ripeté l'uomo drago. "Non ho dichiarato guerra a te. Non ti accadrà nulla di male con me. Ti do la mia parola."

La sua parola non valeva molto per Aria. Lui era il nemico e lei era diventata una prigioniera di guerra... e i draghi non avevano mai firmato la Convenzione di Ginevra. Era una preda consentita per quei rettili.

"Bugiardo" sibilò. "Tornatene al tuo nido... rallegrati del fatto di essere sopravvissuto a uno scontro con me."

Il drago gettò indietro la testa e scoppiò a ridere. Era un suono profondo e gutturale. "Ah, quante manie di grandezza!" ridacchiò. "Davvero notevole, l'arroganza della tua specie."

Scosse la testa, distratto per un attimo dal proprio divertimento. Aria colse l'occasione per fuggire, mettendosi a correre sul terreno polveroso il più velocemente possibile. Non aveva un piano ben delineato, ma solo il puro istinto e la necessità di allontanarsi da quella pericolosa lucertola. Se avesse trovato un rifugio o fosse riuscita a nascondersi, forse sarebbe fuggita e poi tornata alla base, forse...

Swoosh!

Una grande ombra le passò sopra la testa e, subito dopo, enormi artigli la afferrarono, catturandola nella loro morsa. Avrebbero potuto schiacciarla con facilità, invece la tennero al sicuro mentre il drago si alzava in volo. Aria si aggrappò a quegli artigli con tutte le sue forze, terrorizzata dalla lunga caduta che l'avrebbe aspettata se la malvagia creatura l'avesse lasciata andare.

I militari le avevano insegnato cosa fare in caso di cattura. L'avevano addestrata a resistere agli interrogatori. L'avevano istruita a sopravvivere in condizioni difficili, a sopportare il dolore e perfino la tortura. Ma non le avevano mai insegnato cosa fare se si fosse ritrovata a diverse miglia di altezza da terra, tra le grinfie di una bestia più grossa di un 747.

La velocità aumentò finché Aria non fu sicura di eguagliare, se non superare, la velocità della maggior parte degli aerei di linea. I draghi erano veloci, l'aveva visto con i suoi occhi nelle mischie, e questo era abbastanza veloce da inseguire un Tornado. Il vento le sferzava il viso, impedendole di respirare agevolmente. Dovette nasconderlo tra le braccia e fare brevi respiri, inalando quell'aria carente di ossigeno.

Fecero una giravolta e si diressero oltre i confini di stato... verso il Wyoming e le vette delle Montagne Rocciose. Aveva sentito dire che i draghi possedevano delle basi nelle Montagne Rocciose. Un colpo di genio, davvero. Luoghi troppo inospitali per la maggior parte degli esseri umani, ma facilmente raggiungibili per via aerea. Luoghi con grotte naturali che potevano essere usate come magazzini per le risorse che stavano saccheggiando.

Ormai in una posizione senza speranza, Aria non poteva fare nulla per se stessa, tranne cercare di sopravvivere. Non sapeva cosa l'aspettava nella tana del drago. Anzi, non sapeva nemmeno se ci sarebbe arrivata. Era difficile non perdere i sensi con i suoi livelli di stress e di sfinimento e in carenza di ossigeno.

Finalmente, dopo quello che le era sembrato un viaggio infinito, il drago iniziò a scendere per atterrare su un posatoio in bellavista. Una parte delle montagne era stata scavata per ricavare una grande area pianeggiante, perfetta per l'atterraggio di un elicottero... o di un drago da dieci tonnellate.

Secondo il suo orologio, avevano volato per poco meno di tre ore. Non era passato molto tempo in termini di volo, supponendo di avere un aereo, ma era quasi un'eternità quando si attraversava il cielo seduti tra gli artigli chiusi di un drago.

Le potenti zampe posteriori del drago atterrarono per prime, le sue grandi ali si piegarono dietro di lui, poi la adagiò a terra. Lei crollò sulla superficie rocciosa, le ginocchia troppo deboli per sostenere il suo peso. Chiuse gli occhi e recitò una preghiera. Qualunque cosa fosse successa, non sarebbe stata piacevole.

"Vieni" disse lui, la cui voce profonda riecheggiò nel petto della ragazza. Il grande drago era sparito di nuovo, sostituito dalla cosa che sembrava quasi umana. Quelle creature passavano da una forma all'altra senza tante cerimonie. Era come respirare, o forse sbattere le palpebre. Un attimo prima erano una creatura, e poco dopo ne diventavano un'altra. La sua mente, annebbiata dalla paura, trovò rifugio nella domanda di come fosse possibile. Era come se loro, i draghi, non avessero un corpo come gli umani, quasi come se fossero il suggerimento di una forma, e quel suggerimento fosse in grado di cambiare in qualsiasi momento. Il drago si chinò e la prese per un braccio. Non sembrava averle dato un suggerimento, ma piuttosto un ordine.

Lei cercò di liberare il braccio. Non voleva essere aiutata dal suo rapitore. Lui, però, la strinse con decisione, rimettendola in piedi con un movimento semplice e fluido.

"Vacci piano" ridacchiò. "Non ti sono rimaste molte energie, cucciola."

"Vaffanculo!" imprecò Aria. Usare le parolacce con i suoi rapitori non faceva parte dell'addestramento, ma era esausta e arrabbiata e aveva la sensazione che le fosse rimasto soltanto l'atteggiamento di sfida. Sarebbe passato un po' di tempo prima che i dirigenti dell'aeronautica capissero che non era morta assieme al suo aereo, se mai l'avessero scoperto. Qualcuno avrebbe dovuto dare un'occhiata al relitto per cercare i suoi resti e, incaricando un pilota di questa missione, si sarebbe rischiata un'altra vittima. Probabilmente, sarebbe stata dichiarata dispersa in combatti-mento, come centinaia di altri piloti. E, probabilmente, nessuno sarebbe venuto a prenderla. Anche volendo farlo, entrare nella tana del drago significava morte certa. Aria non era sicura del perché fosse viva, ma non faceva ancora affidamento sulle sue benedizioni.

Dal cipiglio dell'uomo drago, si capiva che non gli piace-vano affatto le imprecazioni. Strano, dato che doveva aver imparato l'inglese solo da un mese. Come diavolo avevano fatto le lucertole a comprendere la loro lingua così in fretta, Aria non lo sapeva.

"Esatto" disse. "Puoi andare a fanculo anche subito."

Stavolta, la punizione non comportò solo un'occhiata severa: la lucertola la tenne ferma con una mano, mentre con l'altra le diede una forte sculacciata dietro la tuta da pilota, abbastanza violenta da farla sollevare in punta di piedi.

"Comportati bene" la avvertì quando lei imprecò di nuovo. "Adesso, sei nel mio territorio."

"Non hai alcun territorio qui" sbottò Aria. "La Terra è per gli umani."

"Gli umani, hmm?" La guardò, sollevando le sopracciglia scure e folte. "Secondo i nostri calcoli, questo pianeta è abitato da quasi nove milioni di specie. E loro?"

"Non contano in questo discorso" replicò lei, sputac-chiando. "Siamo la specie dominante."

"*Eravate* la specie dominante" la corresse subito. "Avete perso quel ruolo. E non state prendendo molto bene la situazione, devo dire."

Aria rimase a fissarlo. Avrebbe tanto voluto controbattere, ma la sua testa era vuota. La parte imparziale, logica e arguta del suo cervello, che lei avrebbe subito rinnegato se qualcuno l'avesse sentita, le diceva che l'uomo drago aveva ragione. I draghi erano superiori sotto molti aspetti, ma questo non significava che avrebbero vinto la guerra. Gli esseri umani si erano staccati dall'evoluzione con le unghie e con i denti per arrivare in cima alla catena alimentare, e né lei né nessun altro avrebbe preso alla leggera l'idea di scendere verso il secondo anello della catena.

CAPITOLO DUE

*P*rima che Aria potesse pensare a qualcosa di intelligente da dire, la lucertola la prese per mano e cominciò ad addentrarsi nelle profondità della caverna. Fu subito chiaro che i draghi si erano impegnati per rendere quel luogo ospitale per loro stessi. Non appena superò la prima svolta nella parete rocciosa, una sensazione di calore iniziò a penetrare nella sua tuta da pilota. Non avrebbe dovuto essere un posto caldo, tutt'altro. Avrebbe dovuto essere anche troppo freddo per i draghi, eppure, eccoli qui.

Avevano scavato la roccia per creare quello che si poteva solo descrivere come un complesso di tane per draghi. Stretti passaggi immettevano in aree più ampie, la maggior parte delle quali non allestite. Avevano fatto un bel lavoro, ma lei non se ne stupì: Aria li aveva già visti al lavoro con i loro potenti artigli e zanne; nessun'opera dell'uomo o del pianeta sembrava essere in grado di resistere al puro potere dei draghi di muovere la terra.

"Sei stanca" osservò lui. "Farò in modo di sbrigarci il più in fretta possibile."

"Di sbrigarci con cosa?"

Non le diede risposta, conducendola invece in una grande zona aperta, dove la roccia era stata plasmata in file di sedili lungo il perimetro. Al centro, c'era una piattaforma leggermente rialzata, dal diametro di circa tre metri. Era circondata da sbarre, le quali si allungavano fino a una stalattite di roccia che componeva il tetto della cella. Alcune catene erano state fissate al soffitto e al pavimento roccioso. Sembrava una gabbia, ma progettata per l'esposizione.

"Che razza di costruzione morbosa è quella?"

Il drago le sorrise con un luccichio di quei denti incredibilmente candidi. "È qui che dimostrerò ai miei uomini che gli umani possono essere addomesticati in base alla nostra volontà" disse. "Questo è il luogo in cui ti domerò, cucciola mia."

Col cavolo. Aria non sapeva cosa significasse domarla, né perché continuasse a chiamarla 'cucciola'. Sapeva solo che avrebbe resistito con tutte le sue forze.

"No!" Gli sferrò un calcio il più forte possibile. Quel colpo al ginocchio avrebbe fatto cadere la maggior parte degli uomini, ma lui non si scompose. La sua presa su di lei rimase salda mentre la stringeva tra le braccia e la trasportava, letteralmente tra calci e pugni, fino alla cella.

Quando l'ebbe messa dietro le sbarre e la porta si chiuse alle loro spalle, addentò la sua tuta da pilota. Aria rimase a guardare, piena di orrore, mentre la sua bocca scendeva vicino al colletto e lui, mordendo il tessuto pesante, si ritraeva, strappandole i vestiti con la stessa facilità con cui avrebbe potuto distruggere della carta velina.

Fu per lei l'ennesimo promemoria del fatto che quei draghi sembravano umani, ma non lo erano affatto. Il potere che la creatura aveva a sua disposizione era spaventoso. La sua tuta da pilota finì per terra, a brandelli, intorno ai suoi stivali. Lui fece scorrere un dito sul suo petto agitato e lo inserì nella parte anteriore del reggiseno, poi, con una lieve pressione, lo lacerò per spogliarla, liberando i suoi seni sodi.

"Bellissima" mormorò. "Voi umane siete così splendide, ma anche così morbide."

Fece scorrere il palmo della mano sulla curva sensibile della sua carne e le strinse un seno. La sua mano era calda e la sua pelle aveva una consistenza strana, come se fosse molto più spessa e resistente. Assomigliava al cuoio piuttosto che alla pelle.

Aria sollevò di colpo un ginocchio, che lo colpì con decisione nel plesso solare, e se l'avesse fatto a un uomo, si sarebbe piegato in due. Il drago, invece, si accorse a malapena della sua contrarietà. Mettendole una mano sulla nuca, la tenne abbastanza ferma da farla boccheggiare.

"Sta' buona, cucciola" ordinò, strascicando le parole. "Non ti conviene essere punita così presto, te lo garantisco."

La punta delle sue dita scivolò con leggerezza sul ventre di lei, trovando l'orlo delle mutandine di seta blu con piccoli cuori viola. Andava contro il regolamento, ma ad Aria piaceva avere un tocco femminile.

"Carine" mormorò lui. "Ma penso che quello che c'è sotto sia ancora più bello."

Il suo dito scese al centro delle mutandine, ed esse caddero, come se fossero state bruciate. L'uomo drago stava in qualche modo regolando la temperatura, e in zone molto circoscritte. Il risultato era la capacità di penetrare più o meno qualsiasi cosa. Le sue mutandine di seta non potevano certo resistere.

Erano cadute proprio come gli altri vestiti, raccogliendosi intorno ai suoi piedi.

"Togliti le scarpe, cucciola" le ordinò. "Voglio vederti completamente nuda."

"No!" si rifiutò Aria con coraggio. "Non sarò complice della tua tortura."

"Questa non è una tortura" rise lui, "ma la preparazione alla tua nuova vita. È da un po' che osservo voi umani. Quando siete nudi, andate a nascondervi. Perché? Perché siete vulnerabili. Tutti voi. Siete morbidi e delicati, e perfino l'idea di essere visti per quello che siete veramente è troppo difficile da sopportare."

Aria venne zittita di nuovo. Quella lucertola era intelligente. Stava conoscendo la sua preda e imparava in fretta.

"Con me, sarai sempre nuda, perciò sbarazzati di quegli oggetti per i piedi, piccola cucciola umana, e ti vedremo per quello che sei."

La resistenza di Aria assunse la forma di un silenzio astioso, un rifiuto di muoversi. Il drago risolse il problema sollevando le braccia di Aria per incatenarle i polsi. Lei si ritrovò allora con le braccia sollevate sopra la testa e il corpo allungato in quella posizione, con ogni parte più esposta di quanto non fosse mai stata prima.

"Bellissima" ripeté lui, facendo scorrere il palmo della mano, caldo e forte, sulla sua schiena e sulla curva del fianco. "Sei molto simile a noi nella nostra forma senza ali, eppure così tenera, così morbida. Mi stupisco che tu sia riuscita a sopravvivere."

Le diede un buffetto sul sedere, poi scese sul suo corpo per toglierle le calze e gli stivali. Aria gli avrebbe dato un calcio in faccia, ma lui fu saggio, visti i suoi tentativi aggressivi di ferirlo, e lasciò i resti della tuta da pilota aggrovigliati intorno ai piedi di lei per ostacolarla. Quando ebbe rimosso anche gli ultimi indumenti, le bloccò i piedi nei ceppi. Erano pesanti intorno alle caviglie, e decisamente scomodi, ma probabilmente servivano al loro scopo.

Il drago radunò i suoi vestiti con dei calci, poi fece un respiro profondo e schioccò le dita davanti alla bocca. Il risultato fu una fiamma luminosa, lo stesso effetto che si sarebbe potuto ottenere con un accendino e una bomboletta di lacca. I vestiti di Aria presero fuoco subito e furono presto ridotti a un mucchio di braci sul limitare della gabbia.

"Ecco" disse l'uomo drago, tornando a lei. "Adesso, non puoi più fingere di essere qualcosa di diverso da una morbida umana alla mercé di una creatura molto più potente. Le catene ti ricorderanno il tuo ruolo. Ti diranno che sei di proprietà di qualcuno, quando cercherai di ripetere a te stessa che sei libera."

"Stronzo" sibilò Aria.

"Non preoccuparti, cucciola" replicò lui in un tono pacato che non servì affatto a calmarla. "Quando sarai stata addomesticata, non ci sarà più bisogno delle catene. Saprai di essere mia a ogni tuo respiro."

"Sei un idiota" affermò lei. "E non comprendi né me, né gli umani, come credi di fare."

"Lo vedremo, cucciola."

Lei tremò nelle catene, nella speranza che lui la liberasse presto da quella posizione. Non era comoda, ma probabilmente doveva essere così. Il drago stava cercando di piegare il suo spirito, come le aveva detto, ma lei non gliel'avrebbe permesso. Poteva farle subire tutto il dolore che voleva: Aria non sarebbe crollata.

"Mi è appena venuto in mente che non mi sono presentato" sussurrò l'uomo drago. "Il mio vero nome sarebbe impossibile per te da pronunciare. Un equivalente nella tua lingua semplice sarebbe Generale Vyktor. Puoi chiamarmi Padrone."

"Io preferirei chiamarti feccia" sibilò Aria.

"Non è una buona idea" rispose lui. "Mi chiedo perché i tuoi comandanti non ti abbiano insegnato un po' di rispetto."

"Io rispetto i miei comandanti" disse lei, sapendo che molti di loro non si sarebbero trattenuti dal ridere dopo quelle parole, "ma non te."

"Bene" sogghignò l'uomo drago. "Vedrò cosa posso fare per risolvere questo problema."

Aria provò una sensazione di gelo allo stomaco mentre fissava quegli occhi dorati e così alieni, e seppe di essersi cacciata in guai ben più seri di prima.

Lui fece scorrere le mani sul suo corpo, seguendo le curve dei seni, del ventre, dei fianchi, delle cosce e del sedere. Era molto delicato, nonostante la sua forza estrema.

"Non funzionerà" gli promise. "Non mi sottometterò mai a te."

"Allora la tua specie verrà brutalmente annientata per colpa tua."

"Cosa?" Le sue parole l'avevano scioccata.

"Non capisci" sussurrò lui, facendo scorrere con leggerezza i polpastrelli su e giù sui suoi fianchi con un tocco piuttosto lusinghiero, mentre i bordi delle sue unghie dure le graffiavano la pelle. "Questo non è solo un esercizio di umiliazione. Serve a dare una dimostrazione al mio popolo. Molti dei nostri capi credono che gli umani possano essere soggiogati solo con la violenza. Distruggeranno la Terra e la ridurranno a un relitto in fiamme. Io, invece, credo che non solo possediate una certa intelligenza, ma anche che possiate essere addestrati per servirci. Quindi, cucciola, prima mi asseconderai, prima salverai la tua specie."

Aria lo fissò, sorpresa dall'ingegnosità del suo piano. Era... quasi geniale. Ed era anche quasi tipico degli umani. Aria era scioccata dal fatto che una di quelle lucertole riuscisse a provare abbastanza empatia da voler salvare le persone attaccate dalla sua stessa specie. Sembrava troppo bello per essere vero.

"Non ti credo."

"Che tu mi creda o no, i risultati saranno gli stessi" rispose lui, paziente, accarezzando il suo corpo come se lo possedesse. "I miei piani per te andranno a buon fine, con o senza il tuo consenso. L'unica differenza è quanto sarà doloroso."

Lei si irrigidì sentendolo parlare di dolore. "Non puoi piegarmi."

"Cucciola, potrei distruggerti in un batter d'occhio" le ricordò. "Sei una creatura tenera e delicata e io il mostro sul quale il tuo popolo ha narrato storie per intere generazioni." Ridacchiò di fronte alla sua espressione accigliata. "Ah, sì, conosciamo le vostre favole. Alcune sono davvero interessanti. Il vostro mondo moderno sembra aver perso gran parte della saggezza degli anziani, quelli che sapevano che era meglio lasciar riposare i draghi nelle loro tane piuttosto che creare buchi nel cielo…" Abbassò le labbra sulla sua pelle. La sua bocca trovò il seno di lei. Il calore sbocciò al contatto, come se si scatenasse una reazione tra la sua bocca e la pelle morbida di Aria. I suoi capezzoli si inturgidirono in risposta al contatto fisico, come gemme calde che si tendevano verso di lui.

"Sarai proprio una bellissima cucciola" mormorò lui, baciandola dai seni al collo e lasciandosi dietro una scia di calore. Aria gemette e gettò la testa all'indietro, mentre il suo bacio le provocava dei brividi sulla schiena. "Mi servirai bene."

"Non ti servirò mai!" L'indignazione di Aria divampò. "Tu non sei il mio padrone e io non sarò la tua cucciola. Sono al tuo stesso livello, sotto tutti gli aspetti che contano!" gli sibilò in faccia, strattonando le catene. Non voleva altro che attaccarlo e cancellargli quel sorriso. Se solo avesse avuto ancora gli stivali. Un bel calcio sul muso, ecco di cosa aveva bisogno.

Lui la guardò con un'espressione di compassione e di divertimento dipinta sul viso. "Ne sei proprio convinta, eh?" commentò con condiscendenza. "Piccola umana terrestre, non sai nemmeno volare" puntualizzò. "Non senza un congegno."

"Sì, ma fammi salire su uno di quelli e ti batterò quando vorrai…"

"Ti ho catturata nel tuo giocattolino di metallo" le ricordò.

"Solo perché ha avuto un guasto" ribatté Aria. "Se fossi salita su un aereo decente o su qualsiasi mezzo non danneggiato dai combattimenti contro voi stronzi..." La sua voce si spense, poiché quelle vanterie restavano inascoltate.

"Piccola cucciola arrogante" la derise. "Sembra una qualità comune a tutti gli esseri umani, la totale incapacità di capire quanto siano fragili. Avete una forma soltanto, morbida e soffice, soggetta alla fame e alle malattie e a un processo di invecchiamento molto precoce. Siete così deboli... eppure parlate e agite come se foste nati con un'armatura addosso."

"Non penso che tu possa capire cosa significhi essere umani, lucertola."

La mano di lui entrò in contatto con il suo sedere scoperto in una sculacciata violenta. Lei digrignò i denti con un grugnito.

"Linguaggio, cucciola" la avvertì. "Non tollererò la tua mancanza di rispetto."

"Non ti rispetterò mai!" sbottò Aria. "Neanche se vivessi per un milione di anni. Tu e tutti i tuoi simili siete feccia... ahi!"

La mano di lui la colpì con più severità. La consistenza del palmo, simile a cuoio, e la sua forza superiore le causarono al contempo un dolore e un formicolio alle natiche.

"Sei dura di comprendonio, cucciola" osservò. "E anche riluttante. Un'altra qualità che ho riscontrato in quasi tutti gli esseri umani... il desiderio di fare ogni cosa nella maniera più difficile. Avreste potuto capitolare dopo il nostro arrivo, consegnarci le città e le vostre risorse ed essere risparmiati. Invece, avete preferito combattere una battaglia persa in partenza." Scosse la testa. "I nostri comandanti si stanno ancora scervellando per tentare di comprendervi."

"Forse, è perché siete dei codardi" replicò Aria, senza preoccuparsi di guadagnarsi un'altra sculacciata... e successe proprio così. Il suo sedere cominciava a diventare dolorante, tra una manata e l'altra, mentre la sua carne cercava di resistere al potere del drago.

Ma il peggio era che sentiva un lento accumulo di umidità nel ventre. Perché le sue parti intime avessero scelto proprio quel momento per eccitarsi, non lo sapeva. Poteva solo stringere le cosce il più possibile, sperando che il bruto, nonché rettile, che la interrogava non se ne accorgesse.

"Codardi, hmm?"

"Non c'è onore, né coraggio a combattere una battaglia in cui si sa già di uscire vincitori" affermò Aria. "Il coraggio può esistere solo dove si corre un rischio."

"Non so se combattere contro una specie inferiore ci renda dei codardi" meditò lui, quasi tra sé e sé.

"Non siamo una specie inferiore" ringhiò Aria. "Tu sei un personaggio delle favole."

Il suo rapitore sogghignò. "Vorresti che fosse così, cucciola, vero? Vorresti sbattere le palpebre per svegliarti da tutto questo, rintanata in un bel letto caldo, e renderti conto che il grande drago cattivo che ti tiene prigioniera era solo un sogno, tratto da un libro di favole, eh?" Fece scorrere la mano nella zona interna delle sue cosce e le divaricò le gambe, scoprendo la parte più interna e liquida del suo sesso. "Mi dispiace, cucciola" disse con voce sorda nel suo orecchio, "ma sei completamente sveglia."

Aria si irrigidì contro le catene, mentre le sue dita cominciavano a stuzzicare il contorno, sempre più bagnato, delle sue piccole labbra. L'uomo drago aveva scoperto il suo segreto e sembrava conoscere esattamente il significato della sua eccitazione.

"Non siamo poi così diversi, sotto certi aspetti" mormorò. "Nella nostra forma di carne, abbiamo verghe che possono penetrare in profondità nei vostri piccoli e stretti calici."

Aria sentì un grosso dito caldo che veniva inserito lentamente nel suo sesso. Si morse un labbro per soffocare il gemito, che poteva emettere da un momento all'altro. Il drago sapeva benissimo come gestirla e conosceva ogni suo punto debole.

Cercò di resistere, ma non stava più tentando di resistere a lui, bensì alle reazioni del suo corpo, mentre l'umidità continuava a inzuppargli il dito e i fianchi di Aria cominciavano a descrivere dei lenti movimenti circolari, andandogli incontro mentre lui ridacchiava con quell'aria di superiorità.

"È questo che vuoi, cucciola?" Ringhiò quella domanda nel suo orecchio. "Vuoi la mia verga fino in fondo in questa apertura bagnata?"

A denti stretti, Aria scosse la testa. La stava seducendo e insultando allo stesso tempo, rivoltando il suo istinto di combattimento contro di lei per trasformarlo nella fonte del suo piacere. Ogni volta che lei si opponeva, il suo dito la penetrava ancora di più, e poco dopo fu accompagnato da un secondo dito, che la allargò ulteriormente.

"Penso che tu stia mentendo a te stessa" commentò Vyktor. "Penso che proveresti un orgasmo, se entrassi dentro di te. Sei così bagnata."

Le dimostrò di aver ragione spingendo le dita in profondità e con forza dentro di lei, in modo tale che il rumore della sua umidità si sentisse con chiarezza. Il suo sesso si strinse intorno a quelle dita dure, ma non erano abbastanza, e il desiderio di qualcos'altro la spinse a muovere il sedere all'indietro, in una tacita supplica per l'unica cosa che si era ripromessa di non chiedere mai.

Odiava i draghi. Li odiava con tutta se stessa. Allora perché, all'improvviso, era consumata dal desiderio per uno di loro? Come poteva arrivare addirittura a bramarlo?

Vyktor estrasse le dita, lasciandola bagnata e vuota. "Sei una delizia" commentò con un sorriso oscuro. "Ti tormenti più di quanto non potrei mai fare io con me stesso."

Le diede una sculacciata abbastanza forte da strapparle uno strillo, poi ridacchiò. "Sei adorabile" disse, ripetendo lo stesso trattamento. "Anche quando diventi odiosa e opponi resistenza. Sarai proprio irresistibile quando verrai domata."

Aria soffiò con il naso. Non sarebbe mai stata remissiva con quelle creature. Avrebbe resistito fino all'ultimo respiro del suo corpo.

Lui le lasciò libere le mani, affinché le sue braccia doloranti potessero riposare, poi le incrociò sui suoi seni nudi per massaggiarle i muscoli indolenziti. Era una punizione crudele e insolita, ma d'altro canto, cosa poteva aspettarsi Aria da un lucertolone sputafuoco che li aveva invasi?

"A presto, cucciola" disse Vyktor. "Pensa alle mie parole. La scelta migliore e più saggia è la sottomissione."

"Ci penserò quando tu penserai di andare all'inferno!" replicò lei, mentre l'uomo drago usciva dalla gabbia e richiudeva le sbarre della porta alle proprie spalle. Il tonfo le suscitò un senso di scoraggiamento. Con la resistenza, sarebbe arrivata solo fino a un certo punto, mentre era prigioniera.

Vyktor la lasciò sola con la sua infelicità, e molto presto, il tempo rallentò fino a fermarsi. Aria sedeva a gambe incrociate e si teneva la testa tra le mani, alla ricerca di una via di fuga. Non c'era modo di liberarsi dai ceppi: erano troppo stretti per sfilare i piedi. E anche se si fosse liberata, era nuda e la temperatura fuori dalla tana dei draghi era gelida. Sarebbe morta nel giro di pochi minuti. Quindi aveva bisogno di vestiti, ma anche con quelli, sarebbe stata una discesa infernale sul fianco della montagna. La situazione sembrava davvero senza speranza. L'unico modo per uscire di lì era con l'aiuto di uno dei draghi. Avrebbero dovuto portarla fuori di lì proprio come ci era entrata, e le probabilità di successo sembravano molto basse.

CAPITOLO TRE

"*H*ai portato qui un'*umana?*"

Vyktor aveva informato il secondo generale dell'arrivo della cucciola umana, una decisione di cui si stava già pentendo. La notizia era stata presa davvero male, con tanto di vena in rilievo sulla testa e squame residue irte in preparazione allo scontro fisico.

"Ha senso, Eldor. Non comprendiamo abbastanza bene queste creature. L'alternativa sarebbe stata macellare a sangue freddo una giovane donna in salute, cosa che non farò. Somigliano molto a noi. Credo che questa guerra possa finire in maniera pacifica. Credo che possiamo trovare un modo per piegare gli umani al nostro volere."

Lo sguardo torvo di Eldor non si rilassò affatto. Eldor era molto più grande di Vyktor. In forma umana, quest'ultimo dimostrava una trentina d'anni, mentre Eldor era più vicino ai quaranta. I capelli di Eldor erano corvini e i suoi occhi quasi della stessa tonalità, un grigio marmorizzato diviso a metà dalla nera fenditura verticale delle pupille. Apparteneva alla vecchia scuola, un capo che instillava la paura nei suoi uomini e che incuteva un terrore totale in coloro che lo affrontavano. Non credeva nell'idea di fare prigionieri e di rado si soffermava su concetti come la resa. La prospettiva che, in mezzo a loro, ci fosse un'umana lo rendeva furioso.

"Non rispondo a te, Eldor" gli ricordò Vyktor. "Siamo pari in queste questioni. Due generali. Ricordi?"

"Rispondi a me, invece" si imbronciò Eldor. "E rispondi ancora al re, no?"

"Il re non è qui. Ci siamo noi. Tu combatti queste battaglie in un modo, io in un altro. Non possiamo distruggere questo pianeta solo perché loro hanno commesso lo stupido errore di entrare nel nostro regno."

"Non stiamo distruggendo questo pianeta. Siamo in guerra con le ultime specie di primati che hanno attraversato i confini delle nostre terre sovrane e causato la morte del nostro popolo."

"Abbiamo stabilito che è stato un incidente fin dall'inizio."

"Hanno inviato un esploratore. Il fatto che sia morto non significa nulla." La voce di Eldor stava diventando sempre più alta per la furia. "Non avresti dovuto portare qui un'umana."

"Non farmi la predica come un ragazzino che ha portato una randagia a casa per cena" replicò Vyktor. "C'è un motivo se il nostro re ci ha mandati qui entrambi. Nonostante il suo dolore, voleva che la questione fosse risolta nel modo più pacifico possibile, cosa che tu hai reso quasi impossibile con gli incendi. Ogni azione intrapresa da te li rende sempre più agguerriti. La loro rabbia è su scala globale, Eldor. Adesso stiamo combattendo in un continente, ma ci sono miliardi di altri umani. Non possiamo risolvere il problema nel modo in cui vengono combattute le nostre guerre. Non si limiteranno ad ammettere la sconfitta e ad arrendersi."

"Sono piccole creature indifese, se togli loro le armi" disse Eldor. "Non sono degni di combattere contro di noi. Gli incendi servivano a distruggere le loro armi. Una volta distrutte le loro ali meccaniche, si arrenderanno. *Ecco* come finirà questa guerra!" Il suo pugno serrato si abbatté sul tavolo dov'era proiettata una mappa del continente.

"Ti sbagli" insistette Vyktor. "Puoi danneggiare le loro capacità offensive, è vero, ma se pensi che, in seguito, si sdraieranno al suolo per morire, ti sbagli. L'umana che ho catturato dal relitto della sua macchina volante in fiamme ha continuato a combattere contro di me anche a terra. Pur non avendo speranze di vincere, non ha deposto le armi finché non le sono state tolte, e anche allora, ha lottato con le unghie e con i denti."

"Denti non affilati e unghie morbide" sottolineò Eldor in tono beffardo.

"Sottovaluti queste creature. Non sono stupide, né deboli, e hanno una fame di guerra che può durare per intere generazioni. Ci sono guerre su questo pianeta che sono state combattute quasi fino all'annientamento della specie. Non si stancano, Eldor. Muoiono. E mandano i figli, i nipoti e i pronipoti a finire ciò che è stato iniziato molto prima che venissero al mondo."

Vyktor seppe che le sue argomentazioni stavano attecchendo quando Eldor cambiò argomento di colpo. "E lo sai perché, invece di combatterli, hai letto il materiale delle loro biblioteche. Le tue camere sono piene delle loro chiacchiere su carta."

"La conoscenza è importante, Eldor. Questi umani hanno documenti scritti sufficienti a dirci tutto quello che dobbiamo sapere su di loro. Li ho studiati con molta attenzione e credo sia possibile prenderli, nonostante siano primitivi sotto molti aspetti, e domarli. Gli stessi istinti che li rendono dei nemici spaventosi possono fare di loro degli alleati perfetti. Sono coraggiosi e tenaci. E ognuno di loro ha un valore. Stiamo sprecando vite qui, Eldor. Va contro il nostro codice e contro la volontà del re."

"Se l'umana causerà dei problemi, la butterò giù dalla montagna io stesso" ringhiò Eldor, confermando il sospetto di Vyktor che avesse esaurito i punti a suo favore.

"Non le farai nulla. Lei è mia. Solo io le metterò le mani addosso" lo corresse Vyktor. "Ti dico subito che la difenderò anche a costo della vita, se necessario."

Eldor rimase a bocca aperta mentre le sue pupille si restringevano. L'aria si surriscaldò quando liberò un caldo sospiro tra le labbra socchiuse, abbastanza rovente da accartocciare e incendiare in un battibaleno un pezzo di carta sul tavolo. Vyktor sperava che non ci fosse scritto niente di importante.

"Perché? Ti sei impossessato di questa creatura da meno di un'ora. Perché le sei leale fino a questo punto?"

"È impotente tra le nostre grinfie" rispose Vyktor. "È morbida e intimorita, e ciò che intendo fare con lei la spingerà al limite del sopportabile. Questi umani non capiscono cosa sono. Sono abituati a essere le creature più potenti del loro regno. Rispetto a noi, sono solo dei cuccioli. L'umana si opporrà con tutte le sue forze, e in cambio, finché la addestrerò, avrà la mia protezione. Anche se non la vorrà. Anche se, potendo, mi ucciderebbe subito."

Eldor liberò un sospiro e scosse la testa. "Le tue parole mi infastidiscono, Vyktor" disse. "Non cambierò il piano di battaglia, ma tollererò un'umana qui dentro. Una sola. Dev'essere tenuta sempre sotto controllo. E se succederà qualcosa a causa della sua presenza, sarai ritenuto colpevole. Hai sempre parlato di addestrarli: vediamo se è davvero possibile."

Vyktor sapeva molto bene che l'arrendevolezza di Eldor derivava dal desiderio di vederlo fallire. Se gli umani non potevano essere addestrati oppure non volevano ragionare, allora lo sterminio diventava l'unica opzione rimasta. Quella che Eldor aveva sempre preferito. Era entrato nel regno umano con ansia, desideroso di espandere i suoi territori.

Sulle prime, sembrava che non ci fosse alcuna resistenza alla loro invasione. Per quanto li riguardava, avevano scoperto un nuovo regno attraverso una spaccatura naturale nel loro. Una delle creature della Terra era entrata, ma era morta poco dopo, lasciando pochissime informazioni. Avevano scambiato l'aereo nel cielo per una sorta di esoscheletro, senza mai rendersi conto che era, in realtà, un prodotto delle creature umane.

Ci era voluto un po' di tempo per capire che quelle creature, apparentemente così semplici, erano invece le responsabili dell'evento più strano che il regno dei draghi avesse mai visto. Per capire la loro lingua, avevano impiegato diversi giorni. Cosa strana, sembravano parlare una variante della lingua comune, un fatto che elettrizzava molti degli individui più studiosi del regno, ma i guerrieri erano interessati solo alla sua utilità. Anche la possibilità di leggere i loro semplici testi era stata d'aiuto. Una volta raggiunti questi due obiettivi, erano rimasti molto sorpresi nello scoprire che le creature che avevano aperto un buco nel loro mondo erano piccoli ominidi, senza alcuna comprensione della magia, al di là della goffa manipolazione della materia fisica. Erano morbidi e particolarmente soffici, privi di qualità troppo offensive, senza denti grandi, né capacità di sputare fuoco o ghiaccio. Non avevano accesso nemmeno ai poteri che loro chiamavano magia. Erano creature molto semplici e delicate. Ed era proprio quella delicatezza a rendere Aria così bella agli occhi di Vyktor.

CAPITOLO QUATTRO

*A*ria era seduta nella cella, confusa a un livello quasi biologico. Le azioni del drago avevano lasciato il suo corpo tremante, e non solo per la paura. Riusciva ancora a sentire il punto in cui le sue dita calde e dure avevano spinto dentro di lei. Era spaventata all'idea di quello che i draghi avrebbero potuto farle, ma temeva ancora di più quello che avrebbe potuto permettere loro di fare, ciò che avrebbe potuto volere che facessero.

Non era mai stata addestrata a quel tipo di prigionia. Ovviamente, sapeva che il sesso veniva usato di frequente come arma di guerra... ma non con le tecniche del drago. La sua era stata una seduzione durante la prigionia. L'aveva spinta a desiderare tutto quello che faceva, ancor prima di farlo. Le catene erano perlopiù una dimostrazione, qualcosa con cui si poteva negare in maniera plausibile la sua sottomissione a lui. In un modo strano e quasi insondabile, le aveva fatto un favore legandola. Le aveva permesso di preservare una parte del suo orgoglio e l'idea della resistenza.

"Concentrati sulle tue mosse" si rimproverò in tono aspro e sommesso. "Non farti distrarre dal suo membro."

Il linguaggio puro e semplice era qualcosa che aveva imparato come nozione rudimentale: serviva a uno scopo, manteneva le cose semplici. Le ricordava chi era e cosa doveva fare. Aveva bisogno di trattenersi, non doveva permettere alle lucertole di condizionarla. Doveva rimanere fedele alla sua gente, al suo codice. Non sarebbe stato facile, ma niente lo era. Si trattava di una guerra come non ne aveva mai viste prima, e doveva adattarsi.

Dei passi la spinsero ad alzare la testa in fretta. Il suo cuore sobbalzò nel vedere Vyktor. Non era più nudo. Indossava una lunga giacca nera, che sottolineava la sua altezza e la larghezza delle sue spalle. Si adattava bene alla sua forma, sottolineando piuttosto bene le linee del petto, l'addome stretto e piatto e i fianchi sottili e atletici.

Aveva un aspetto stupefacente. In quel momento, non avrebbe stonato a una sfilata di moda. Se fosse stato umano, l'avrebbe definito 'sexy'. E nonostante l'odio che provava nei suoi confronti, era il suo unico possibile legame con la libertà. Non avrebbe mai fatto a pezzi quelle catene a suon di morsi. Doveva convincerlo a rimuoverle. Magari, una piccola dimostrazione di arrendevolezza non sarebbe stata una pessima idea... Aria digrignò i denti, maledicendosi per quel pensiero.

"Spero che tu abbia pensato alla tua situazione, cucciola" esordì lui, avvicinandosi alle sbarre della gabbia. "Stiamo per mettere alla prova la tua resistenza." Si voltò e alzò la voce. "Signori! Siamo pronti!"

Aria rimase a bocca aperta quando diversi draghi entrarono nella stanza. Indossavano tutti delle giacche simili con il colletto alto. A nessuno, però, stava bene come a Vyktor. Lui era chiaramente il comandante di questi uomini, i quali lo guardavano con la stessa espressione che Aria vedeva nella sua unità in presenza di un ufficiale comandante.

Aria conosceva bene il concetto di vestirsi per intimidire, era una sorta di specialità militare, ma qui, si trattava di un altro livello. C'era qualcosa, nell'aspetto che assumevano con quelle giacche, che le causò un tremore interiore. Sospettava che nessuno di loro indossasse qualcosa sotto. Decine di occhi animaleschi si concentrarono su di lei con curiosità e desiderio. Non vide nemmeno una femmina tra loro. Avevano i capelli lunghi fino alle orecchie o alle spalle, o addirittura più lunghi. Alcune delle loro giacche, aperte all'altezza della vita, lasciavano scoperti muscoli sodi, cosparsi qua e là delle stesse squame viste su Vyktor. Non sembrava esserci una distribuzione del tutto uniforme; alcuni di loro le avevano dal collo in giù, altri presentavano delle chiazze sul petto, in altri ancora non erano visibili. Il tratto comune erano i lineamenti fortemente virili. Mascella squadrata, fronte prominente e nasi pronunciati sotto occhi grandi. Aria colse la maggior quantità possibile di dettagli.

L'ultimo drago che entrò nella stanza aveva una carnagione quasi grigia. Aria vide che nessuno lo guardava e che, a differenza degli altri, quando lui la osservò, non provava curiosità, né desiderio. Sembrava solo infastidito, forse anche leggermente disgustato, come se lei fosse un ragno nella sua scodella di cereali. Sembrava più vecchio degli altri. Aveva i capelli più folti e contrassegnati da due strisce grigie, una su ciascun lato della testa. Rimase in piedi sulla soglia, a braccia conserte, con un sopracciglio leggermente inarcato in un'espressione beffarda. A differenza della maggior parte degli altri draghi, dagli occhi color verde o oro, i suoi erano grigio scuro. Aria intuì che era un capo, ma non sapeva bene se fosse o meno un superiore di Vyktor.

Smise di concentrarsi su quel drago sgradevole quando Vyktor entrò nella gabbia con lei. La afferrò per la nuca e la rimise in piedi, controllando i suoi movimenti con la propria forza incredibile. Quando lei fu in piedi, le incatenò di nuovo le mani sopra la testa, mostrando tutto il suo corpo agli spettatori.

Non era mai stata così vulnerabile in vita sua. Incapace di guardare tutti gli uomini drago che se la stavano mangiando con gli occhi, puntò lo sguardo sugli occhi magnetici di Vyktor. Erano tutti belli, ma trovandosi di nuovo di fronte a lui, con il suo volto a pochi centimetri di distanza, non poté fare a meno di notare che Vyktor era il più affascinante in assoluto.

"Fai la brava, cucciola" mormorò lui, senza farsi sentire dagli altri, "e verrai ricompensata."

"Muori" ringhiò Aria a denti stretti.

Con una risatina, Vyktor fece scorrere delicatamente la punta del dito indice sulla sua guancia. "La tua ribellione rende tutto più dolce, cucciola."

Si allontanò da lei e si rivolse al pubblico. "Fratelli, questa è l'umana che ho catturato proprio stamattina. Voglio che la osserviate da vicino. Appena catturata, oppone resistenza ed è ostile dal punto di vista fisico e mentale. Si ritrova in una situazione che non riesce a controllare. Ha mani e piedi legati, e il suo sesso è esposto. Nonostante tutto, si ribella ancora. L'abbiamo già riscontrato in passato e abbiamo presupposto che il rifiuto umano di accettare dei nuovi padroni debba essere accolto con la violenza... ma secondo me, è sbagliato. La forza della loro resistenza è, infatti, direttamente proporzionale alla loro capacità di sottomissione. Più problematici sono, migliori saranno come cuccioli. Ve lo dimostrerò prendendo questa donna e facendo di lei la mia cucciola. Imparerà a servirmi con impazienza, senza la necessità di catene o addirittura di un guinzaglio."

Sbuffi di incredulità si sollevarono nel gruppo riunito nella stanza, accompagnato da molte occhiate dubbiose. Aria era d'accordo con il pubblico. Non avrebbe mai servito quel lucertolone, figuriamoci con impazienza.

"Il segreto" proseguì Vyktor, "è semplice: dovete trattarli non come nemici, ma come cuccioli. Sono decisamente simili a noi sotto molti aspetti. Possiedono livelli di comunicazione di base e sono di sicuro senzienti. Sono anche creature istintive, che reagiscono con prontezza a segnali basilari, come il tono, la postura e il contatto fisico."

"Oh mio Dio, hai intenzione di farli morire di noia? È così che andrà a finire?" grugnì Aria, stanca di ascoltare le lezioni di Vyktor.

Ci fu una piccola vibrazione tra i draghi, forse di divertimento. Durò solo una frazione di secondo, prima che Vyktor rispondesse con una sculacciata violenta, abbastanza forte da strapparle un grido.

"Bastardo!" ringhiò lei.

Vyktor non disse nulla, continuando invece a rivolgersi al gruppo.

"Sono anche impazienti, il che è sensato, data la breve durata della loro vita e il metabolismo rapido. Ricordate che, per loro, un anno equivale a dieci anni per noi, quindi un'ora è come mezza giornata. È questa qualità che, secondo me, li renderà più facili da addestrare."

Parlando, girò intorno a lei e le afferrò alcune ciocche di capelli. Li tirò all'indietro, sollevandole la testa e facendole inarcare la schiena, mentre veniva tenuta in ginocchio. Il suo sedere nudo puntava verso l'alto, offrendogli un'ampia superficie da percuotere con la mano. Vyktor le diede dei colpetti sul didietro. La sua mano lasciò un caldo bruciore immediato, dopo il quale Aria aprì la bocca in una 'O' di sorpresa.

"Guardate quanto diventano sensibili senza vestiti" si rivolse lui alla folla. "Il sedere di questa femmina sta già reagendo a un unico colpo della mia mano. Se ripetessi questo trattamento, diventerebbe subito docile."

Dimostrò il suo punto di vista sculacciandola molte altre volte, con dieci colpi su ogni natica. Aria boccheggiò e si dimenò sotto i suoi colpi, ancora scioccata per la sensazione della pelle contro la sua. Lui aveva troppi vantaggi fisici ingiusti e, nonostante Aria fosse allenata a gestire la soglia del dolore, il solo fatto imbarazzante di essere sculacciata davanti a un'orda di nemici le fece venire le lacrime agli occhi.

"Anzi" disse Vyktor durante una pausa, "in realtà, bisogna stare attenti a non esagerare con le punizioni. Gli esseri umani rimangono feriti fisicamente con molta facilità, e anche se parlano e si comportano come se fossero invincibili, sono molto sensibili."

Tirò indietro la mano e le diede un forte colpo che, con meraviglia di Aria, esplose sulle sue natiche, già rosee.

"Cazzo!" Lanciò un urlo e si dimenò come un'ossessa sotto la sua mano, cercando di liberare i capelli dalla sua stretta.

"Come vi ho dimostrato" disse lui, "sono molto sensibili anche a un minimo aumento della pressione... e molto motivati a evitare il dolore."

Aria vide i sorrisi sui volti dei suoi odiati rapitori e desiderò di avere il potere di spazzarli via tutti. Un bell'attacco con i droni sarebbe bastato per far saltare in aria quel posto.

"Andate a fanculo!" ringhiò.

"Non sembra molto addomesticata" osservò qualcuno.

"Non succede subito" rispose Vyktor. "Ma credo che questo metodo si rivelerà così potente che, anche se la piccola umana è molto consapevole di ciò che intendo farle, alla fine non riuscirà a resistere."

La rimise in ginocchio, passando una mano sul suo fondoschiena. Aria continuò a imprecare sottovoce, odiando Vyktor e tutti i draghi intorno a lei. Vyktor continuò ad accarezzarla, massaggiandole il sedere indolenzito con lenti movimenti circolari, finché il dolore non cominciò ad attenuarsi.

"Adesso puoi startene buona" mormorò nel suo orecchio. "Non ti farà più tanto male."

"Non dovrebbe fare male affatto, stronzo sadico" ringhiò Aria.

"Hai già perso di vista l'obiettivo principale di questa situazione" le ricordò. "Non lo faccio per ferirti, ma per cambiare la mentalità di coloro che incendieranno il tuo mondo."

"Il nostro mondo sta già bruciando" ringhiò lei, mostrandogli i denti.

Una risata si sollevò tra la folla.

"Non ha le zanne, ma morde comunque" commentò qualcuno. "Non c'è modo di domare queste bestie. Combattono fino alla fine."

La compostezza di Vyktor non vacillò. Smise di massaggiarla e ricominciò a sculacciarla, non così forte come con il colpo che l'aveva fatta urlare, ma abbastanza da irritare la pelle del suo sedere, da attirare la sua attenzione e impedire così ogni discussione. Abbastanza da trasformare la carne delle sue natiche in una massa dolorante, mentre lui la afferrava saldamente dietro la nuca.

Invece di rendere la punizione più dolorosa, ne aumentò l'intensità. Fece in modo che tutto il corpo di Aria fosse consumato dalla sua volontà. A ogni colpo, ogni parte di lei reagiva. Scariche di sensazioni la spingevano a inarcare la schiena e il calore diffuso sul sedere iniziò presto a venire assorbito, fino a trovare il suo sesso.

Il dolore si trasformò in piacere. Aria sapeva che era possibile, ma non l'aveva mai sperimentato con tanta intensità. Era successo qualcosa di intangibile, l'umiliazione della nudità davanti ai suoi nemici la riempiva di un'energia erotica, facendola ansimare di desiderio per lui.

"Ecco" disse Vyktor, posando una mano sotto il suo mento per girare il suo viso arrossato verso la folla. "Guardate come sono colorite le sue guance, come i suoi occhi brillano di desiderio." La sua mano scese sul corpo di Aria per pizzicarle piano il capezzolo sinistro. "Guardate com'è reattiva ogni parte di lei, le sue piccole gemme di piacere che sbocciano, una su ogni seno e la terza qui sotto."

Aria emise un gemito quando la sua mano scese sul ventre, trovò il suo sesso e le strinse infine il clitoride, facendola dimenare contro le catene.

"Gli esseri umani sono pieni di zone erogene" disse Vyktor. "Il collo, per esempio..." Le sfiorò la pelle con i denti, nel punto di incontro tra il collo e la spalla, poi risalì verso l'orecchio. Aria tremò piano, spingendo con i fianchi contro la sua mano.

"Ci sono tanti modi per garantire la loro arrendevolezza" affermò Vyktor, staccando la testa dal suo corpo. "Ucciderli non solo è inutile, ma anche poco fantasioso."

Continuò a massaggiarla tra le gambe fino ad avere la mano scivolosa per i suoi fluidi, che le bagnarono le cosce. Stava aumentando la sua frenesia, usando le reazioni naturali del suo corpo per creare una condizione che la spingeva a desiderare solo una cosa: essere riempita in quel piccolo spazio stretto tra le gambe.

"Caaazzo" gemette lei. Non voleva aprir bocca, ma non riusciva a trattenersi. Il sedere le bruciava ancora, ma in qualche modo, non aveva più importanza. Non era nemmeno dolorante, ormai. Il calore pungente, formico-lante e doloroso serviva a renderla ancora più eccitata.

Il drago camminò davanti a lei, privandola per un attimo del contatto fisico. Dopo averla guardata negli occhi con i suoi, dorati e simili a quelli di un gatto, infilò un dito dentro di lei, lentamente ma con sicurezza.

Il rantolo acuto di Aria espresse un certo desiderio, mentre il suo rapitore faceva roteare lentamente il dito.

"Vuoi essere scopata, piccola umana?" Le pose la domanda con un ringhio. "Vuoi sentire com'è essere posseduta da un drago?"

Fece un passo indietro e si liberò della giacca, rivelando la sua impressionante nudità. Il suo membro era enorme, largo e duro, e lei riuscì a vedere le squame a forma di rombo alla base. Era un'immagine quasi spaventosa, e di sicuro intimidatoria, ma il sesso di Aria reagì con una nuova vampata di desiderio.

Il drago si avvicinò di nuovo e, con la punta dell'asta, le sfiorò il piccolo clitoride, duro come il marmo. Aria gridò non appena percepì il suo calore in quel punto.

"Lo vuoi, cucciola?"

Vyktor fece scivolare la punta del proprio sesso sulla sua apertura, raccogliendone il miele fino a trovare la zona in cui le sue labbra si separavano per natura, allora spinse la punta nell'ingresso del suo corpo.

"Lo vuoi?" Ringhiò quelle parole nel suo orecchio in tono sommesso, mentre i lineamenti possenti e sensuali del suo corpo muscoloso premevano contro le morbide curve di

Aria. Vyktor non andò oltre l'ingresso delle sue parti intime.

La risposta di Aria fu così lieve che solo lui riuscì a sentirla, e diventò solo un: "*Sì...*"

Un'unica sillaba pronunciata nella follia erotica e il drago spinse dentro di lei, la quale sentì la grossa punta larga del membro di Vyktor scivolare in profondità, allargando le sue labbra e la sua carne. Era molto più grande di quello di qualsiasi uomo con cui fosse mai andata a letto, e molto più lungo. Emise un gridolino, sentendolo dilatarla in una maniera quasi impossibile. Il suo sesso protestò, pur attirandolo più in profondità.

Incatenata com'era, Aria era impotente e non poteva fare altro che accettare la lenta conquista del suo sesso, ansimando e gemendo mentre lui si immergeva sempre di più. Alla fine, la sua carne avvolse saldamente quasi tutta la sua virilità, che la penetrava di almeno una ventina di centimetri e poteva andare anche oltre, se lui lo desiderava.

Non si udivano più risate nella stanza. Quando Aria arrischiò un'occhiata rapida e piena di vergogna, vide solo sguardi famelici puntati su di lei. Il suo sesso fremette di fronte a quella scena e Vyktor sembrò approfittarne per iniziare a spingere avanti e indietro, estraendo lentamente il pene prima di spingerlo dentro di nuovo, con un controllo che le ricordava quanto fosse veramente impotente tra le sue braccia.

La prese con un ritmo lento ma costante, in un modo che sembrava avere un significato e uno scopo. Non era la smania di un maschio che cercava il piacere a tutti i costi, bensì un atto sessuale controllato di un maestro dei piaceri della carne. Aria si ritrovò a guardarlo negli occhi, fissandolo di continuo mentre le dava un piacere che proveniva da un punto così profondo dentro di lei che era come se ogni cellula del suo corpo reagisse. Avrebbe voluto rimanere in silenzio davanti alla folla, ma lui le stava già strappando lievi gemiti e rantoli e non riusciva a trattenersi. La sua erezione era perfetta dentro di lei, più sexy di quella di un maschio umano e anche più grossa. La sua carne stringeva il pene perfetto, e il suo corpo reagiva con impazienza. I suoi capezzoli erano duri come sassolini contro il petto del drago, che la teneva ferma e la scopava mentre era ancora incatenata.

Presto, Aria volle ancora di più. Le sue gambe potevano allargarsi e i suoi fianchi inarcarsi, ed entrambi lo fecero, offrendosi al drago completamente. Lui, evidentemente, aspettava proprio questo. Ci fu un *clic* quando Vyktor tese le braccia verso l'alto per aprire le catene, lasciando cadere gli arti di Aria. Quest'ultima avrebbe potuto respingerlo, invece gli gettò le braccia al collo mentre lui continuava a scoparla in quel modo quasi ipnotico.

La camera era quasi completamente immersa nel silenzio, a parte il lieve tintinnio dei ceppi intorno alle caviglie, che accompagnava il dondolio del suo corpo, e i suoi piccoli gemiti di piacere, che lei non riusciva a trattenere nemmeno mordendosi un labbro. Il drago infilò le mani sotto il suo sedere per tenerla sollevata. Le catene dei ceppi erano abbastanza lunghe da permetterle di sollevare le gambe e avvolgerle intorno alla vita del drago, mentre lui la teneva ferma e la scopava come se il suo peso fosse ininfluente.

Era lussuria oltre la lussuria, qualcosa che Aria poteva solo definire una magia sessuale da draghi, capace di accenderla. Ormai, non nutriva più alcun dubbio. Voleva farlo più di quanto avesse mai voluto qualcosa in vita sua. Il suo sesso bagnato andò incontro con ansia alle spinte del drago e la sua carne strinse il pene di Vyktor con una disperazione che rieccheggiava nelle sue grida.

Lui stava fottendo la sua vagina, eppure lo percepiva in ogni parte di se stessa, con le sue gambe agganciate dietro a quella schiena muscolosa, le sue braccia su quelle spalle larghe, le sue labbra incollate a quelle del drago in un bacio che divenne rapidamente feroce, le lingue che duellavano mentre la prigioniera umana veniva sottomessa con l'atto sessuale dal suo nuovo compagno.

Il loro incontro pubblico, sempre più forte e rapido, divenne presto urgente. Aria si dimenticò della presenza degli spettatori, persa negli occhi del drago, nel suo sapore e nella sua erezione martellante, mentre lui la faceva rimbalzare su e giù sul grosso membro che andava più in profondità di qualsiasi altro lei avesse mai provato in passato.

Stava per venire. Era inevitabile. Non c'era modo di impedirlo, neanche volendo. La sua vagina era stimolata ben oltre ogni possibilità di controllo, i suoi fluidi scivolosi lubrificavano il suo corpo agitato contro quello di lui, solido e sensuale, con il clitoride premuto contro il suo osso pubico che veniva toccato e schiacciato a ogni colpo.

"Ah! Ah! Ah!" Con un gemito dopo l'altro, sentì il suo sesso iniziare a contrarsi intorno a lui. Le sue grida furono presto corrisposte dal drago, il cui ruggito tonante fece vibrare ogni parte della sua carne mentre la spingeva con forza sull'erezione e riversava il proprio seme in profondità, lavando la sua vagina nuda, uno spruzzo dopo l'altro.

Il suo sperma gocciolò lungo l'asta e i testicoli mentre la reggeva sul suo pene. Aria uggiolò per la vergogna e il piacere della più intensa attività sessuale che avesse mai sperimentato nella sua vita.

Il drago la baciò, rivendicando di nuovo la sua bocca mentre Aria si dimenava piano sul suo sesso. Lo sperma era ancora perlopiù intrappolato dentro di lei.

"Molto bene, cucciola" mormorò Vyktor. "Molto bene."

CAPITOLO CINQUE

Mentre gli ultimi fremiti dell'orgasmo della cucciola svanivano, Vyktor le liberò i piedi. Non rivolse nemmeno una parola agli altri, mentre lei si rannicchiava tra le sue braccia e veniva trasportata fuori dalla stanza: il suo punto di vista era molto più eloquente in quel momento di silenzio piuttosto che in qualsiasi discorso fatto all'inizio.

Aveva già preparato una recinzione per lei, adiacente alla sua stanza. Gli artigiani avevano lavorato con impegno la roccia terrestre, trovandola facile da modellare. Ogni cosa nel regno terrestre era un po' più facile da gestire rispetto al regno dei draghi. La realtà stessa sembrava più flessibile. Non c'era da stupirsi del fatto che gli esseri umani fossero una specie che tendeva alle fantasie.

Gli alloggi di Vyktor erano già piuttosto sontuosi. Il letto era stato scolpito nel pavimento stesso, con coperte di lana proveniente dalle pecore locali. Era molto comodo e lui fu tentato di posarvi sopra la sua cucciola, ma lei non si era ancora guadagnata un posto nel suo letto. Doveva rimanere nella gabbia finché la sua sottomissione non fosse stata impaziente. Non poteva esserci alcun addestramento senza la speranza di una ricompensa. Sì, avrebbe potuto picchiarla finché non avesse strisciato sul ventre ogni volta che lui le si avvicinava, ma non era interessato al tipo di sottomissione che poteva essere ottenuta solo con una crudele tirannia.

Aprì la porta della gabbia e la adagiò sul piccolo giaciglio che aveva requisito per lei. Questa gabbia, ovviamente, si trovava nella sua stanza da prima che la catturasse. Faceva tutto parte del suo piano a lungo termine per risolvere l'invasione. Lo spargimento di sangue del mese precedente aveva rappresentato una grande preoccupazione per Vyktor. Gli esseri umani erano troppo belli e delicati per essere spazzati via, ma di certo rendevano le cose difficili.

Aria si rannicchiò sul morbido letto pieno di coperte e gli permise di coprire il suo corpo nudo. La sua stanchezza non lo stupì: ne aveva passate tante in pochissimo tempo.

"Dormi bene, cucciola."

Se Aria lo sentì, non gli rispose.

Un urlo nel cuore della notte lo svegliò di soprassalto. Vyktor si precipitò verso la gabbia, dove la sua cucciola era seduta con le spalle dritte, gli occhi spalancati, le coperte strette al petto. Vide il pallore della paura sulla sua pelle. Sembrava più spaventata in quel momento rispetto a qualunque altro dopo la sua cattura. Anche quando si era ritrovata nel suo aereo abbattuto, era stata più coraggiosa e più audace di così.

"Cosa c'è che non va, cucciola?"

Lei lo fissò con occhi vitrei. "Stanno arrivando!"

"Chi?"

"Stanno arrivando!"

Vyktor si rese conto allora che non era del tutto sveglia. Stava avendo un incubo. Su di lui, forse.

"Gli invasori?"

"No." Lei scosse la testa e lo fissò con occhi che non lo vedevano affatto. "Stanno arrivando, Vyktor. Vengono a prenderti."

"Chi?"

"Gli anziani."

Un brivido gli corse lungo la spina dorsale. Le parole di Aria si riferivano a qualcosa che non poteva sapere. Qualcosa su cui non gli piaceva riflettere troppo a lungo. Gli anziani erano coloro che gli esseri umani avrebbero potuto definire i 'veri' draghi, bestie incapaci di assumere forme diverse da quella reale, creature cariche di un solo desiderio: distruggere con il fuoco. Altri li chiamavano divoratori di mondi.

Il popolo di Vyktor li considerava perlopiù un parto delle leggende. Con ogni probabilità, non esistevano nemmeno, eppure quel concetto aveva persistito nel corso delle generazioni. Gli incubi su di loro non erano rari, specialmente tra i giovani. In base alle sue letture, Vyktor era consapevole del fatto che anche gli esseri umani giovani condividevano delle paure primordiali sui predatori delle tenebre, sui mostri nascosti sotto il letto.

Era strano che la donna tremante tra le coperte facesse dei sogni da drago. Ma, meditò Vyktor, le aveva riempito il ventre con il suo seme. Forse, si era stabilito un certo legame tra loro. Forse, aveva anche stabilito un collegamento tra Aria e il mondo da cui proveniva lui. Vyktor non pensava che fosse possibile, ma magari si sbagliava. Forse, il desiderio di considerare gli esseri umani come una specie separata e inferiore stava offuscando la sua capacità di intuire i collegamenti.

"Non mi piacciono" piagnucolò lei con gli occhi pieni di lacrime. "Mi spaventano."

Vyktor non sapeva se stesse ancora dormendo o no. Difficile dirlo: i suoi occhi erano spalancati, come se stesse guardando un altro mondo e reagendo agli orrori che vedeva.

"Shhh" la rassicurò. "Stai sognando. Torna a dormire."

Lei singhiozzò.

Visione o sogno, qualunque cosa la stesse preoccupando non sarebbe svanita da sola. E lui non poteva farci niente, stando dall'altra parte delle sbarre.

"Sei troppo tenero" si rimproverò, sbloccando la gabbia per entrare. Accovacciato sulle coperte, iniziò a confortare la sua cucciola, facendo scorrere le dita tra i suoi capelli e dandole lievi baci sulle labbra e sulle guance. Sentì il sapore salino della sua tristezza. Era strana la capacità degli umani di espellere minerali nei momenti di turbamento. In un certo senso, erano quasi come i draghi.

"Vyktor" mugolò di nuovo il suo nome, "ho paura."

Adesso era sicuro che stava dormendo: non avrebbe mai confessato le proprie paure da sveglia. Era precipitata dal cielo, si era schiantata al suolo ed era stata catturata da un potente nemico, il tutto senza mostrare neanche un briciolo di paura.

Non gli piaceva vederla in quelle condizioni. Il suo bel viso era contorto dall'angoscia e le lacrime le rigavano le guance. Vyktor dubitava che il sogno avesse un significato reale, ma ciò non escludeva che fosse spaventoso. Lei era così giovane, così tenera, ed era stata mandata a combattere contro un drago. Chiunque avrebbe avuto degli incubi, in seguito. Perfino nelle favole, avevano il buon senso di mandare dei principi, non delle giovani donne.

"Shhh…" la tranquillizzò. "Era solo un sogno… torna a dormire."

Lei iniziò a calmarsi un po'. Le sue lacrime si asciugarono, ma non era ancora del tutto serena. Vyktor decise di rinunciare al proprio letto e si sedette invece sul giaciglio con lei. Quasi subito, Aria si rannicchiò con la testa sul suo grembo, ancora in quello strano stato confuso tra il sonno e la veglia. Lui abbassò lo sguardo su di lei, pieno di meraviglia, stupito dal potere dei sogni. Nel sonno, la cucciola aveva messo a nudo una parte di se stessa che non avrebbe mai mostrato, se fosse stata completamente sveglia. Gli aveva mostrato una vulnerabilità pura e un notevole istinto. Gli umani erano creature molto strane; così basilari, in qualche modo, e così complesse sotto altri aspetti.

Pian piano, lei si quietò. Il pianto si interruppe, i suoi occhi si chiusero, poi i suoi respiri divennero profondi e regolari. Trascorse quasi un'ora.

"Chi è che addomestica l'altro, cucciola?" le domandò in tono pacato. Non gli sfuggì il fatto che, chiudendola in una gabbia, aveva rinchiuso anche se stesso. La cucciola sembrava molto più a suo agio di lui. Si era infilata sotto le coperte e usava il grembo di Vyktor a mo' di cuscino, mentre lui sedeva con la schiena contro la parete dura.

Era un problema che il drago non si aspettava. Credeva di essere in grado di imporre spassionatamente a una donna umana di obbedirgli, ma non si sarebbe mai immaginato di doversi prendere cura di lei a poche ore dal loro incontro.

"Mi stai rendendo la vita difficile" commentò piano, scostandole i capelli dal suo bel viso.

Nel sonno, lei sorrise.

CAPITOLO SEI

*A*l mattino, quando si svegliò, Aria scoprì di essere ancora nuda e intrappolata nella tana di un drago. Nessuna delle due cose le fece piacere. Nel breve momento prima di aprire gli occhi, aveva disperatamente sperato che fosse stato tutto un sogno e di svegliarsi in una caserma che puzzava di piedi e di cloro.

Non era così.

Era ancora dietro le sbarre e ancora prigioniera di quell'affascinante bastardo che la chiamava 'cucciola', anche se sapeva che il suo nome era Aria. E lui era in piedi accanto alle sbarre, come se l'avesse osservata mentre dormiva. Maledizione. Perfino i detenuti delle prigioni di massima sicurezza avevano più privacy.

Si era denudato di nuovo: a quanto pareva, i draghi indossavano dei vestiti solo per le occasioni speciali. Era impossibile non guardare la sua virilità che dondolava pesante tra le sue cosce muscolose, una forte distrazione.

"Buongiorno, cucciola" disse, facendole digrignare i denti per il fastidio. "Hai dormito bene?"

"Ho dormito in una gabbia" brontolò lei, torva. "Quindi, no, non ho dormito bene."

"Mi dispiace" rispose il drago in un modo a cui lei non credette affatto.

"Sì, come no."

Lui ignorò il suo atteggiamento.

"Hai sognato qualcosa?"

"Eh? No. A te cosa importa?"

"Semplice curiosità, cucciola."

"Anche se avessi sognato, non te lo direi" affermò Aria, rendendosi conto di sembrare petulante. Si ritrovava in una situazione strana. Questo drago, il nemico, stava cercando di trasformarla in una sua sottomessa. Era stato sincero su questo punto. Significava che non poteva fidarsi delle sue parole, né delle sue azioni, perché senz'altro miravano a raggiungere il suo obiettivo. Anche una semplice domanda sui sogni era probabilmente una tecnica perversa per entrare nella sua testa.

"Hai fame?"

"Sì."

Il drago aprì la porta della gabbia e la lasciò spalancata. Aria rimase dov'era, sospettosa. E ne aveva ben donde.

"Dovrai impegnarti per guadagnarti il cibo, cucciola" disse lui. "Dammi piacere con la bocca, prima di riempirti la pancia."

"Vai a farti fottere!" ringhiò Aria.

"Più tardi" sogghignò il drago, facendo un paio di passi indietro per sedersi sul letto. Il suo pene stava già diventando turgido, aumentando di dimensioni davanti ai suoi occhi. Quell'enorme asta puntava con autorità verso di lei. "In questo momento, voglio scoparti in bocca."

"Succhiati il cazzo" replicò Aria. "Mi terrò la fame."

"Ah, scusa" continuò lui in tono uniforme e suadente, "ho forse formulato una richiesta?" La sua voce si trasformò in un ringhio imperioso. "Vieni qui, cucciola, e dammi piacere."

"Ti odio" ringhiò Aria per tutta risposta. "E non ho intenzione di toccare con la bocca quel tuo sudicio cazzo da lucertola."

"Come siamo combattive stamattina" commentò il drago con un sorriso oscuro. "Bene, cucciola, lascia che ti offra una seconda scelta. Puoi prendermi in bocca e darmi piacere, oppure metterti sulle mie ginocchia, essere fustigata fino a implorare pietà per essere liberata... e prendermi in bocca dopo."

"Puoi baciarmi il culo!" ringhiò lei.

"Ah, vuoi che ti prenda lì? Beh" commentò Vyktor, la testa inclinata di lato, "penso che sarebbe un po' stretto, ma..."

"No! Santo Dio!" Stava giocando con lei. Lui sapeva, tanto quanto lei, che non aveva scelta. Se Aria non avesse fatto come diceva, avrebbe potuto farle cose sempre più perverse, fino al punto in cui succhiargli l'uccello le sarebbe sembrata la prospettiva più piacevole.

"Vieni qui, cucciola" le disse, chiamandola con un dito. "Prima che io perda la pazienza con questo giochetto."

Imprecando mentalmente e ad alta voce, Aria si alzò e gli si avvicinò. Era così alto che, pur seduto sul letto, lei non riusciva comunque a superarlo in altezza.

Il suo pene era ormai quasi completamente eretto, un vero bestione tra le sue cosce. Lei ebbe una reazione, a parte la rabbia e la ribellione, una reazione che le fece venire l'acquolina nonostante avesse ancora intenzione di rifiutarsi di prenderlo in bocca.

Vyktor si alzò e fece scorrere le mani sulla curva dei suoi fianchi. La pelle del drago era calda contro la sua. "Molto bene, cucciola" disse, lodandola per aver eseguito l'ordine.

"Non è che mi restasse molta scelta."

"C'è sempre una scelta" mormorò Vyktor, le cui mani vagarono lentamente su e giù sul suo corpo. Sfiorò la parte esterna del suo seno, facendola entrare con le sue carezze in uno di quegli stati quasi ipnotici di eccitazione che sembrava capace di suscitare in lei con pochi sforzi.

"Inginocchiati davanti a me, cucciola."

Aria rimase in piedi. Il suo bisogno di ribellarsi era più forte della debolezza della carne. Le dita di Vyktor trovarono i capezzoli e li pizzicarono leggermente, inviando piccole scosse di eccitazione perversa al suo clitoride.

"Ci sono delle conseguenze per la disobbedienza" la avvertì in tono pacato.

Lo spero. Quel pensiero le passò per la testa spontaneamente, una piccola scintilla di malizia che non era mai stata in grado di domare del tutto. Non rispose, a parte un piccolo gemito che non riuscì a trattenere, dato che le dita di Vyktor le strinsero i capezzoli.

"Inginocchiati, cucciola" ripeté il drago con più decisione e una voce rauca. Forse, avrebbe dovuto intimidirla, esortandola a comportarsi bene, invece, un sorriso comparve sulle labbra di Aria, lo stesso sorriso di abbandono sconsiderato che tanti dei suoi comandanti avevano già visto in passato e che avevano fatto del loro meglio per cancellare.

Vyktor rispose a quel sorriso con uno dei suoi. Le dita della sua mano destra si staccarono dal seno e si infilarono dietro la sua nuca. Tenendola per il collo, premette con energia sufficiente a farle piegare le ginocchia. Non le fece male, ma la piegò letteralmente al suo volere, finché lei non si ritrovò inginocchiata sul tappeto accanto al letto, con quella grossa virilità eretta davanti al naso. Da quella prospettiva, sembrava grande quanto la testa di Aria, un grande pilastro di carne intimidatorio, con delle squame di drago alla base.

"Prendimi in bocca."

Aria alzò lo sguardo sul suo bel viso con un sorriso sulle labbra. Poteva costringerla a inginocchiarsi, suscitarle delle reazioni corporee con abili pizzicotti, ma non obbligarla a succhiarlo. Quello era un atto di volontà. Aria sapeva bene quando le veniva dato un ordine che non si poteva imporre, e questo lo era di sicuro.

"Costringimi" lo schernì.

Lui sollevò le sopracciglia scure. "Costringerti? Sei sicura, cucciola?"

"Più che sicura. Non puoi… oooommnggg!"

Vyktor la afferrò per i capelli e attirò la sua testa tra le proprie gambe. Aria ringhiò quando la spessa punta del suo sesso le sfiorò le labbra.

"Apri la bocca, cucciola" ripeté il drago.

Quando non gli obbedì subito, fece scivolare l'altra mano sotto la sua mandibola e premette con le dita vicino alle articolazioni, applicando una pressione costante finché lei non cedette, socchiudendo le labbra. Aria si contorse furiosamente, con il sedere e i fianchi che si muovevano avanti e indietro mentre, pian piano, lui faceva scivolare la punta del pene tra le sue labbra e nella calda e umida cavità della sua bocca.

Tecnicamente, non l'aveva costretta a succhiarlo, ma i dettagli tecnici erano insignificanti. La sua grossa asta era nella sua bocca, scivolava sulla sua lingua e premeva in fondo alla gola.

L'avrebbe anche morso, ma le sue forti mani le impedivano quasi di chiudere la bocca. Vyktor usò la bocca di Aria per darsi piacere con la suprema sicurezza di una creatura che sapeva di averla completamente sotto controllo. Aria assaggiò il suo sapore forte, uno che non aveva mai sentito con gli uomini umani, un sapore metallico, forse terroso, sottile ma presente.

"Ieri sera, ho riempito la tua vagina" le disse. "Eri piena del mio seme. Mi piaceva vedere le labbra morbide del tuo sesso cosparse del mio seme. Oggi lo ingoierai."

Aveva un modo di parlare, quella lingua profonda e dall'accento marcato, che faceva sembrare le parole rozze delle poesie e facevano tremare il ventre di Aria. Lei odiava quella reazione. Era lì, in ginocchio, a farsi scopare in bocca per la sua disobbedienza, eppure si bagnava sempre di più per le sue parole.

Il drago uscì dalla sua bocca e la osservò, con gli occhi dorati che brillavano di piacere. "Hai bisogno che ti tenga aperta per me? O mi darai piacere, come ti ho ordinato?"

Aria cominciava ad avere la mandibola indolenzita e sapeva che sarebbe stato molto più facile obbedirgli. Non che avesse altra scelta; in un modo o nell'altro, le avrebbe infilato il pene in bocca, eppure il concetto di sottomissione ai suoi desideri le suscitava un profondo imbarazzo. Con i fianchi che si agitavano e il sedere che sfregava contro le caviglie, si sentì combattuta di fronte a quella domanda.

"Fammelo sapere, cucciola" ordinò lui, spingendo di nuovo nella sua bocca con un unico lungo colpo, prima di estrarlo di nuovo.

Lo ripeté altre cinque volte, prima che lei finalmente capitolasse. Il suo sesso era umido della saliva dell'umana, che piagnucolò: "E va bene, lo farò..."

"Me lo devi chiedere gentilmente, cucciola."

"Cosa?!"

"Chiedimi il permesso di succhiarmi."

"Per favore" disse lei a denti stretti. "Posso succhiarti?"

"Puoi farlo, cucciola" rispose il drago, liberandola del tutto.

Lei esitò, sapendo che Vyktor avrebbe preso la situazione in mano di nuovo, se lei non fosse andata fino in fondo. Era stato quasi più facile quando le aveva tenuto ferma la testa, così lei non doveva prendere in bocca il suo membro, né farlo scivolare tra le labbra da sola fino in fondo, leccandolo mentre il suo sapore cominciava a piacerle.

"Brava cucciola" si complimentò lui, facendo scorrere piano le dita tra i suoi capelli. "Sei molto brava a succhiarmi, cucciola."

Aria arrossì. Lui aveva pronunciato quelle parole come se fossero degli autentici complimenti. Adesso, veniva giudicata in base alla sua capacità di dargli piacere. Le sue abilità, le molte altre qualità che possedeva, erano irrilevanti in quel momento. Al drago importava solo l'abilità con cui lei riusciva a leccare, succhiare e vezzeggiare la sua grossa erezione.

Non poté fare a meno di provare a compiacerlo. Non perché Aria volesse dargli piacere, ma per l'istinto a fare bene le cose. Lui aveva sfruttato un desiderio di successo facilmente applicabile nel sesso, e quello stesso desiderio che l'aveva sempre guidata nella vita veniva adesso usato per muovere la testa su e giù sull'erezione del suo più acerrimo nemico.

Vyktor emise un gemito e le sue dita le strinsero i capelli. Aria sentì le pulsazioni della sua carne rigida a contatto con la lingua. Lui iniziò a ritrarsi, riempiendole la bocca di continuo. Era così lungo che avrebbe potuto facilmente arrivare in fondo alla gola, ma nonostante la propria posizione di comando, Vyktor non arrivò così in profondità da metterla in difficoltà. Il bacino di Aria si agitava a ogni spinta nelle profondità della sua bocca, mentre le venivano ricordate più volte la forza del drago e la vulnerabilità di lei.

I grugniti e i ringhi di Vyktor stavano diventando più frequenti e intensi. Sentì il suo sesso inturgidirsi in bocca, mentre si avvicinava l'apice del piacere. Stava per venire dopo averla scopata in bocca. La stava usando, e lei reagiva in un modo che a malapena capiva. Perché era così sexy? Perché si sentiva così bagnata? Perché lei...

"Cucciola!" gemette il drago, mentre il suo sesso si irrigidiva e il suo seme cominciava a fuoriuscire sulla lingua, inondandole la bocca con una quantità sufficiente a doverlo ingoiare per non esserne sopraffatta. Non c'era da stupirsi se il suo seme era colato così liberamente sulle cosce di Aria la sera precedente.

"Molto bene, cucciola" disse lui, liberando i suoi capelli in modo tale che lei potesse ritrarsi e asciugarsi la bocca con il dorso della mano.

Il sapore del suo seme era corposo sulla lingua. Non assomigliava allo sperma di un essere umano, era un sapore più complesso, forse più buono, meno amaro. Non lo sapeva. Non voleva pensarci troppo.

Le parole del drago le riecheggiavano nelle orecchie, non solo gli ordini imbarazzanti, ma anche il motivo per cui l'aveva presa e per cui li impartiva. Lei era il capro espiatorio di tutta una specie. Non era giusto, ma a lui non importava affatto.

"Ti odio" ringhiò, ripulendo lo sperma rimasto sulle sue labbra.

"Continua a ripeterlo e potresti ancora convincerti del fatto che sia vero" le sorrise. "Stai già cominciando a piacermi, cucciola. Ti dà fastidio che qualcuno che ti tratta così possa suscitarti un interesse, ma non vuol dire che non succederà."

Era davvero un bastardo arrogante. Il suo ego non conosceva limiti.

"Nella gabbia, cucciola" le ordinò. "E ti porterò del cibo."

* * *

Dopo averle portato qualcosa da mangiare, Vyktor si assentò per diverse ore. Di nuovo, Aria venne abbandonata ai suoi capricci nel tentativo di elaborare l'accaduto. Lei l'aveva sfidato a prenderla e lui non aveva esitato a farlo. Doveva stare più attenta con le parole. Vyktor non aveva gli stessi rapporti sociali dei maschi umani. Non sapeva, o probabilmente non gli importava, che non avrebbe dovuto fare quello che aveva fatto. L'aveva presa in parola e, per una volta tanto nella sua vita, Aria aveva ottenuto proprio quello che aveva chiesto.

A volte, era facile dimenticare che quelle creature non erano umane. Nonostante gli occhi strani e le squame sul corpo, le sembrava una figura familiare grazie alla sua padronanza della lingua, al di là dell'accento marcato. Mangiucchiò il cibo che le aveva portato: una scodella di cereali secchi. I draghi avevano saccheggiato qualche supermercato e seguito le indicazioni riportate sulla confezione. Lei non sapeva cosa mangiassero, anche se gli agricoltori lamentavano il fatto che bovini e pecore venivano rubati durante la notte.

Le tornò in mente la prospettiva di fuggire, ma anche adesso non riusciva a capire come poter evadere da una montagna con solo una coperta addosso. Era impossibile uscire senza un outfit completo e perlopiù termico, e anche in quel caso, le probabilità di sopravvivenza erano basse. Vyktor non sembrava avere intenzione di ucciderla o di farle del male, quindi, se aveva una scelta (e non era così), le conveniva starsene buona. Starsene buona, mangiare i suoi cereali secchi, bere la neve sciolta al posto dell'acqua e cercare di pensare a un modo per convincere il drago a riportarla indietro di sua spontanea volontà.

Al suo ritorno, il drago chiuse a chiave con attenzione la porta della sua stanza, poi aprì la gabbia, permettendole di uscire. Aria non si mosse dal punto in cui era seduta. Le coperte erano l'unica forma di pudore che le rimaneva, perciò non le avrebbe abbandonate facilmente.

"Cosa vuoi?" Gli pose quella domanda con una certa strafottenza, alzando la testa con una postura arrogante, per suggerirgli che non le importava niente di quello che le aveva fatto.

La sua risposta la fece rimanere a bocca aperta.

Vyktor torreggiava imponente su di lei sulla soglia della gabbia, mentre i suoi occhi dorati la osservavano dall'alto. "Voglio che tu mi dica com'è la vita da essere umano."

"Se voi stronzi la smetteste di incendiare qualsiasi cosa, lo scoprireste abbastanza rapidamente" replicò lei, quando si riprese dallo shock di una domanda non correlata alla costante autorevolezza erotica del drago.

"È deplorevole che ci sia stata così tanta violenza..."

"Allora fermatevi!"

"È difficile, considerando con quanta ostilità siamo stati accolti."

"Voi lucertole siete venute qui e avete iniziato ad attaccarci per prime" sottolineò Aria.

"No."

"Cosa? Non mentirmi, so cos'è successo. Lo sappiamo tutti. Abbiamo visto il portale aperto. Abbiamo perso un uomo lì dentro! E poi, vi siete riversati nel nostro mondo..."

Per un attimo, le sopracciglia di Vyktor si piegarono verso il basso. "Pensi davvero che sia stato così semplice? Credi che stessimo girando in tondo dall'altra parte, in attesa che gli umani ci facessero entrare per distruggere questo mondo? Gli esseri umani sono veramente così egocentrici da credere che tutta la vita ruoti proprio intorno a loro?"

Aria aveva la netta sensazione che le sfuggisse qualcosa, anche se non sapeva cosa. Lui sembrava quasi offeso dalle sue accuse sull'aggressione dei draghi, perciò era un pericoloso illuso, oppure sapeva qualcosa che lei ignorava.

"Gli umani rispondono all'aggressione con l'aggressività" disse. "Non abbiamo iniziato noi questa guerra. Beh, non di proposito."

"L'apertura del portale ci ha colti di sorpresa" spiegò Vyktor in un tono che Aria poteva solo definire paziente. Si rivolgeva a lei come se fosse troppo ottusa per capire cose per lui molto ovvie. "Ha causato un gran numero di danni. Il lato umano della fenditura si trova nel bel mezzo di un deserto. Sul lato dei draghi, si è aperto all'improvviso un grande abisso in una delle nostre colonie più grandi. Ci sono state molte vittime."

"Ah" commentò Aria, sentendosi obbligata a scusarsi, ma pensando che lui non l'avrebbe ritenuta sincera. "Non lo sapevo, mi dispiace."

"Hai detto che avete perso un uomo" proseguì Vyktor. "Al suo arrivo, ha attraversato la città e si è schiantato contro uno dei nostri monumenti più grandi. È sopravvissuto all'impatto immediato, ma si è ammalato qualche ora dopo ed è morto nel giro di un giorno. Non potevamo fare niente per lui, anche se ci abbiamo provato."

"Non lo sapevo" ripeté Aria, odiando la debolezza delle sue parole.

"No" disse Vyktor. "Non lo sapevi perché, fin dall'inizio, la reazione di voi umani è stata quella di mandare in cielo i vostri strumenti di aggressione ovunque, ignorando il territorio sovrano degli altri, e una volta lì, sparare per primi e mettere sempre tutto in discussione. Quindi, quando inizi a provare odio nei nostri confronti, ricorda questo, cucciola: non siamo venuti noi da voi. È stata un'azione umana a unire i nostri mondi. Ed è stata un'azione umana a causare la prima vittima in questa guerra."

"Non è stata una mia idea accendere quella stupida stazione" replicò Aria, un po' sulla difensiva.

"No, ma è stata una tua idea cercare di uccidermi in volo, ieri. Sei stata tu ad attaccarmi con quel tuo piccolo e debole aggeggio, carico di missili esplosivi."

Dentro di sé, Aria ebbe un piccolo fremito. Il drago l'aveva salvata, anche se lei aveva fatto tutto il possibile per ucciderlo, ma c'era stato un motivo: aveva voluto catturare e addestrare un'umana. Era diventata un bersaglio facile grazie al malfunzionamento del Tornado.

"Faresti bene a vergognarti" ringhiò lui. "Quando abbiamo guardato il vostro pianeta, cercando di capire cosa fosse successo, abbiamo presto scoperto che, anche se voi umani avete più o meno la nostra stessa forma quando non voliamo, siete completamente diversi. Avete una storia alle spalle, una lunga storia di distruzione dei mondi altrui. Le foreste e gli oceani erano due mondi separati dalle persone ed entrambi sono stati decimati. Guardando quello che avete fatto al vostro mondo, abbiamo capito cosa sarebbe successo al nostro. Il generale Eldor è venuto qui per distruggere l'umanità. Io sono venuto con lui nella speranza di frenare la sua sete di sangue."

Detta così, Aria cominciava a capire la ragione della ferocia mostrata dai draghi. Se credevano di combattere contro un nemico accanito, era sensato attaccare con tutta la loro forza.

"Non tutti appoggiano questo tipo di comportamento" affermò lei. "Al pilota entrato nel portale era stato ordinato di farlo. Non aveva scelta, proprio come me, quando ho sparato dei missili contro di te."

"Si era offerto volontario" sottolineò Vyktor. "L'abbiamo scoperto mentre cercavamo di salvargli la vita. Era ansioso di esplorare un nuovo mondo, così ha detto. Non si rendeva conto del fatto che, proprio come ogni 'nuovo' mondo da voi scoperto, esso era molto più antico di quanto pensaste e apparteneva già a un'altra specie."

Aria stava cominciando a sentirsi in colpa. Non per le sue azioni, ma per le azioni della sua specie, presente e passata. Poi ricordò che sentirsi in colpa per azioni portate avanti da tutti gli altri era una cosa stupida e scosse la testa.

"Allora, le vostre azioni non sono del tutto ingiustificate" disse. "Ma..."

"Niente 'ma'. È giusto che questo enorme peso ricada sulle tue spalle? Che tu sia un avvertimento per i peccati della sua specie? Forse no, ma si sa che il destino non è equo, cucciola. E tanti hanno sofferto molto più di quanto tu possa soffrire mentre mi occupo di te."

In qualche modo, la faceva sembrare una ragazzina viziata per il rifiuto della gabbia e del trattamento da cucciola a lei riservato, e in un certo senso, stava quasi funzionando.

"Non siamo gli unici ad aver commesso delle atrocità" continuò lei. "Quello che sta succedendo adesso è..."

"Imperdonabile e del tutto inutile" terminò Vyktor. "Le uccisioni devono finire. Per questo intendo dimostrare ai generali che, con una gestione adeguata, gli umani non sono così minacciosi come sembrano. Siete una specie fuori controllo, a cui deve ancora essere insegnata la disciplina in maniera adeguata, tutto qui."

Aria avrebbe voluto odiarlo, dirgli che si sbagliava, che gli umani non avevano fatto niente di male, ma la verità era più complessa, e di certo era stata l'umanità ad aprire il portale tra i due mondi, ed era stato un umano a oltrepassare il confine con un velivolo da guerra per affrontare un nemico sconosciuto, gettando il mondo nel caos.

"E quella disciplina verrebbe insegnata con il tuo cazzo nella mia bocca?" Aria pose la domanda con un lieve sorriso, cercando di spezzare la tensione interiore che provava mentre stava seduta ai piedi di Vyktor.

"È qualcosa che capisci nel profondo" rispose lui, "che ti tocca molto di più di qualsiasi altra cosa. Sei già stata addestrata dall'esercito e indotta a pensare e a comportarti in determinati modi. Io ti addestrerò in un modo molto più approfondito, cucciola. Addestrerò il tuo stesso cuore. Vieni qui" ordinò. "Ti voglio sul letto."

Aria si ritrovò a lasciarsi alle spalle le coperte e a fare come le era stato detto. Non sapeva bene perché gli stesse obbedendo: non era cambiato niente dopo la loro discussione, ma c'era una parte di lei che sembrava provare il desiderio di arrendersi a lui. Era una parte che Aria non aveva percepito molto spesso nella sua vita.

Come faceva lui a comprendere così bene gli umani? In così poco tempo?

"Come fai a sapere così tante cose? E a parlare la nostra lingua?"

"La vostra lingua scritta è molto semplice" rispose Vyktor. "Non è difficile capirla, per un drago. Per noi, capire i vostri testi e dialoghi è come per voi capire cosa significa quando un cane agita la coda."

"Ah." Aria fece una smorfia, con un vago senso di offesa. "Beh."

"Non considerarlo un insulto, cucciola" intervenne lui. "Siete quello che siete, e noi siamo rimasti colpiti dal risultato che avete raggiunto come specie, pur lavorando con strumenti molto semplici."

"Sono così felice del fatto che vi abbiamo impressionati" commentò Aria, percependo chiaramente il proprio tono sprezzante.

"Ci vorrà un po' di tempo prima che accettiate di non essere più in cima alla catena alimentare" osservò il drago. "L'arroganza è insita nella condizione umana, per quanto ne so."

"Non è arroganza la mancanza di gioia nel sentirsi dire che si è semplici come dei cani."

"Non ho detto che siete semplici come dei cani, ma che la vostra lingua è per noi comprensibile. Vieni qui. Abbiamo parlato abbastanza." La chiamò con un dito, poi indicò il letto, e con una comunicazione sempre molto semplice, notò lei.

Aria uscì dalla gabbia e si diresse verso il letto, quasi temendo di percepire un'altra sculacciata di Vyktor. Rimase quasi scioccata quando raggiunse il letto senza una di quelle sculacciate violente che le facevano bruciare le natiche esposte.

Nonostante la sua vulnerabile nudità, però, stava cominciando a sentirsi abbastanza a suo agio con quell'uomo. No. *Creatura.* La nudità quasi costante di lui rendeva la sua meno strana. Aria si domandò quasi se si sarebbe sentita a disagio con dei vestiti addosso... poi accantonò in fretta l'idea.

"Mi darai qualcosa da mettermi addosso?"

"Perché hai bisogno di vestiti? Sembra un'abitudine molto strana da parte degli umani."

"Noi non siamo protetti da una pelliccia, né da sufficienti strati di grasso. Abbiamo freddo" spiegò lei. "E quando abbiamo freddo, ci ammaliamo."

"Ma non fa freddo qui, giusto?"

"No" ammise Aria. "Ma non è comunque... igienico per noi girovagare senza vestiti. La sporcizia si attacca alla nostra pelle e penetra in punti dove non dovrebbe esserci. Ho bisogno di vestiti. E anche di farmi un bagno."

Era vero. Aveva trascorso otto ore impegnative con addosso una tuta da pilota e combattuto contro un drago, dal quale era stata poi catturata e posseduta. Era stato un lavoro sporco, e lei era ricoperta da quella che sembrava una sottile patina di sudore e sudiciume.

"Vestiti e un bagno" annuì Vyktor. "Non è una richiesta del tutto irragionevole, suppongo."

"C'è un bagno qui?"

"Abbiamo creato un bagno comune" meditò Vyktor. "È abbastanza grande da usarlo per nuotare. Dovrebbe servire al tuo scopo."

"Un bagno comune no!" Aria fu rapida. "Non ho bisogno di nuotare in una piscina: mi serve un bagno... Capisci, una piccola pozza d'acqua, sufficiente per sedermi e insaponarmi, sbarazzandomi poi dell'acqua sporca quando ho finito."

"Capisco" disse Vyktor. "Aspetta qui, cucciola."

La lasciò fuori dalla gabbia, sola nella sua stanza, mentre andava a prepararle il bagno. Mentre Aria se ne stava lì, in piedi, nella tana del drago, sentì un piccolo sorriso comparire sulle sue labbra. Non aveva pianificato niente di tutto questo, ma anche in quel caso non avrebbe potuto essere più perfetto di così.

Iniziò subito a frugare tra gli effetti personali del drago. Piccole nicchie erano state scolpite nella parete a mo' di scaffali, nelle quali c'erano quelli che sembravano rotoli di carta molto spessa. Magari facevano parte dei servizi segreti militari.

Ne aprì uno e si accigliò. L'inglese era forse semplice da comprendere per i draghi ma, qualsiasi scrittura usassero loro, non era semplice per lei. I segni erano spessi, marcati e spigolosi, ma non significavano niente per Aria. Delusa, rimise al suo posto il pezzo di carta. Era un'occasione senza precedenti per raccogliere informazioni sui draghi, ma con la lettura non avrebbe imparato nulla. Doveva interrogare Vyktor con abilità, affinché non capisse quello che stava facendo.

Trascorsero almeno due ore prima che Vyktor tornasse nella stanza, al punto che Aria si stava chiedendo se si fosse completamente dimenticato di lei. Aveva già esaminato la maggior parte degli oggetti lì intorno, dei quali pochi erano abbastanza comprensibili da sapere se fossero di valore o meno. Fu quasi contenta di rivedere il drago. La sua forma nuda sembrava pompata, come se fosse stato impegnato in lavori forzati. Una delle sue mani, posizionata dietro la schiena, gli conferiva un'aura di formalità.

"Cos'è successo? Hai dovuto costruire il bagno a mani nude?"

"Artigli" sorrise lui. "Molto più facile."

Aria non sapeva se parlasse sul serio o meno, ma non era veramente importante.

"Ho fatto preparare il tuo bagno, cucciola" annunciò Vyktor. "Ma prima di andare, vieni qui."

Lei si avvicinò a Vyktor con curiosità e rimase in piedi davanti a lui. Se voleva strappargli delle informazioni, le conveniva dimostrarsi un po' condiscendente. Vyktor le spostò i capelli dietro le spalle con delicatezza, poi, da dietro la schiena, tirò fuori un oggetto d'argento, tempestato d'oro e di ametiste. Non era proprio una collana, troppo spessa e corta per questa funzione, ma quando lui gliela mise al collo e la allacciò dietro la nuca, Aria capì che, in realtà, era un collare. Un collare molto bello, che probabilmente valeva decine di migliaia di dollari con quelle gemme viola dal taglio magnifico.

Aria avrebbe voluto sentirsi indignata, ma era difficile, adesso che lui le aveva appena messo al collo un oggetto prezioso, dal valore superiore a quello che lei avrebbe guadagnato nel giro di diversi anni.

"Che cos'è?" Lo sfiorò con le dita, già intuendo la risposta.

"Eldor vuole che tu sia completamente sotto controllo quando ti trovi fuori dai miei alloggi" rispose il drago, tirando fuori una catena, anch'essa di pietre preziose e composta da anelli d'argento con intarsi d'oro e ametiste incastonate al centro degli anelli. Era stupenda, e Aria la fissò con gli occhi spalancati mentre lui la agganciava al suo collare. Adesso, le aveva messo il guinzaglio. Veniva trattata letteralmente come un animale domestico, ma invece di considerare la situazione orribile e umiliante, Aria si sentì molto apprezzata e viziata.

"È un vero e proprio trucco di magia" commentò. "Tiri fuori questi oggetti dal sedere? I draghi cacano gioielli?"

"Li ho fatti ieri sera, dopo averti sistemata nel tuo letto" rispose Vyktor, che sembrò prendere sul serio la sua domanda sulla defecazione di alto valore. "Mi piace creare gioielli, e tu sei una valida fonte di ispirazione."

Aria cercò di non sentirsi troppo lusingata dal dono del drago. Non era comunque un regalo: quella catena d'argento, d'oro e di pietre viola aveva la stessa funzione delle catene e dei ceppi di ferro pesanti con cui era stata imprigionata all'inizio. Mise in guardia se stessa, per non lasciarsi influenzare da quei luccicanti gingilli, ma era difficile. Anche quando Vyktor avvolse l'altra estremità del guinzaglio intorno alla propria mano e la tirò con delicatezza, Aria cedette subito alla pressione, seguendolo fuori dai suoi alloggi e attraversando i corridoi della tana dei draghi.

Ovunque rivolgesse lo sguardo, le pareti erano state scolpite con motivi e disegni decorativi, che le ricordavano un po' le decorazioni elaborate sulle pareti degli antichi Egizi, con iscrizioni e sculture raffiguranti draghi che diventavano uomini e viceversa, grandi rappresentazioni di occhi di drago, fuoco sputato sulla superficie di piccoli mondi...

"Vieni, cucciola" mormorò lui, esortandola a proseguire.

"Non li avevo mai visti" disse Aria. "Perché non me n'ero accorta?"

"Eri esausta e mezza addormentata" rispose Vyktor, rallentando per permetterle di osservare le incisioni. "Queste servono solo ad abbellire l'ambiente. Ci aiutano a sentirci un po' più a casa."

"Sono stupende" commentò lei, facendo scorrere un dito sull'immagine di un grande drago, raffigurato con la testa piegata all'indietro e le fauci che espellevano le fiamme. C'erano una ferocia e una maestosità in quell'immagine che la toccavano nel profondo del cuore. Provò in qualche modo la stessa sensazione che, in precedenza, l'aveva spinta a esplorare la tempesta intorno al portale e a cercare il punto centrale, un desiderio insensato ma comunque potente. "Se queste sono semplici, le vostre case devono essere bellissime."

"Puntano molto di più sulle qualità estetiche rispetto alla maggior parte delle residenze umane che abbiamo visto" concordò Vyktor. "Molti di voi vivono in piccole scatole di legno, esposte agli elementi. Molto strano."

"La maggior parte delle persone non ha i soldi o il tempo per decorare la casa in questo modo" spiegò Aria. "La gente ha molti impegni e si considera fortunata ad avere una scatola di legno."

"Le persone non hanno il tempo di costruire le loro case? Se non avete il tempo di costruire le case, per cosa ce l'avete?"

"La maggior parte della gente non costruisce la propria casa" rispose Aria. "Le case vengono comprate e rivendute diverse volte. Sono molto costose."

"È per mancanza di materiali? Sembrate avere legno e pietra a volontà…"

"È per mancanza di…" Aria rifletté con le labbra arricciate. Mancanza di cosa, di preciso? "Le persone non sono capaci di costruire una casa. Siamo specializzati nel nostro lavoro. Io piloto aerei, altre persone magari programmano i computer, si prendono cura degli altri con la medicina, oppure preparano da mangiare. Ci vogliono anni per imparare queste abilità e non c'è il tempo di costruire case. Quindi, sono i costruttori a farlo... e la terra su cui vengono edificate costa molto, soprattutto nelle grandi città."

"Perché costa molto?"

"Perché la gente vuole vivere lì, quindi paga di più."

"Dunque costa molto perché le persone la rendono costosa per loro stesse?"

"Già" rispose Aria. "Io non... voglio dire... è complicato. L'economia e... non so."

"Hm." Vyktor annuì lentamente. "Quante complessità per creature così semplici."

"Non siamo semplici come sembriamo."

Un sorriso comparve sul volto del drago. "Ci credo, cucciola. Vieni, hai bisogno di fare il bagno."

Il bagno non era distante dai corridoi labirintici pieni di 'semplici' incisioni da cui Vyktor non sembrava affatto colpito, e Aria ebbe l'impressione di trovarsi nelle stanze di una grande civiltà antica. Il mondo fuori dalla montagna, in qualche modo, stava cominciando a sembrare molto meno reale, più effimero: erano davvero esistiti dei posti illuminati con la luce elettrica a incandescenza, abbagliante a ogni ora del giorno e della notte? Era davvero esistito un mondo in cui creature come lei affollavano i marciapiedi?

Aria scosse la testa per schiarirsi le idee. Era con i draghi solo da un giorno, e stava già perdendo il contatto con la realtà che aveva conosciuto. Era colpa dell'isolamento totale da tutto il resto e del modo accattivante di Vyktor di attirare la sua attenzione, in una maniera così totale che sembrava non esserci nulla all'infuori di lui.

"Questi sono i nostri bagni comuni" annunciò Vyktor, guidandola in una sorta di caverna dove diversi uomini drago stavano oziando in uno specchio d'acqua simile a un lago interno, grande come una piscina. L'umidità nella stanza le suggerì che l'acqua si stava scaldando, anche se non sapeva bene come fosse possibile.

Rivolsero un cenno del capo a Vyktor, anche se Aria non vide cos'altro avrebbero potuto fare, troppo impegnata a guardare per terra. Stare al guinzaglio sembrava naturale con Vyktor, ma si vergognò in fretta quando occhi altrui si posarono su di lei.

"Ed ecco il nostro bagno privato."

La condusse verso una porta nella parete, contrassegnata con una nitida 'V'.

"Hai usato la scrittura umana" notò Aria, sorpresa.

"Sì" sorrise lui. "Mi piace."

"Ti farai un tatuaggio da qualche parte?" Aria pose quella domanda con un lieve sorriso. L'interesse di Vyktor nei confronti dell'umanità era piuttosto affascinante. Doveva stare attenta a non rivelargli troppo, passandogli qualche informazione importante.

"Un tatuaggio?"

"È quando le persone si fanno iniettare l'inchiostro nella pelle, così possono andare in giro con simboli, immagini o parole sul corpo."

"Affascinante." Vyktor annuì. "No, lo ammetto, non avevo intenzione di disegnare una V su me stesso in modo permanente."

Aprì la porta, rivelando una stanza relativamente piccola, con una cavità simile a una vasca scolpita nel pavimento. Era grande circa il doppio di qualsiasi bagno Aria avesse mai visto prima e piena d'acqua fumante, che si riversava da una nicchia nella parete a un'estremità e veniva drenata sul lato opposto in un flusso costante. I segni degli artigli nelle pareti le dimostrarono che lui, o i suoi artigiani, avevano assunto la forma di drago per modellare l'ambiente.

"Wow!" sussurrò. "È perfetto."

"Sono contento che sia soddisfacente per te, cucciola" commentò Vyktor, non senza un certo divertimento nella voce. "Ho anche trovato alcune lozioni per la pulizia, tra i prodotti che siamo riusciti a procurarci durante la nostra permanenza. Spero che una di quelle sia adatta a te."

Aria scivolò nell'acqua calda, trovando la temperatura perfetta, abbastanza calda da scioglierle i muscoli, ma non così calda da darle l'impressione di essere in una pentola sui fornelli. Si appoggiò con la schiena, lasciandosi galleggiare nell'acqua, e per un attimo chiuse gli occhi per godersi quel momento di relax.

Sentì un lieve tonfo quando Vyktor si immerse accanto a lei. La vasca da bagno riusciva a ospitare entrambi fianco a fianco e rimaneva ancora un po' di spazio libero.

Aria fece per prendere i saponi... quando scoppiò a ridere.

"Che c'è, cucciola?"

Aria ridacchiò con un flacone dorato in mano. "Questo è detersivo per i piatti. Lo usiamo per lavarli dopo i pasti."

"Beh, tu sei grande come un boccone" replicò Vyktor con sorprendente alacrità.

Lei rimise il flacone sulla sporgenza e lo osservò, scuotendo la testa. "Parli inglese da poche settimane e usi già i giochi di parole?"

"I draghi amano i giochi di parole" rispose lui. "Ci piacciono quasi tutti i giochi."

"Già" commentò Aria. "Proprio quello che abbiamo notato all'inizio della vostra invasione: quanto siete divertenti."

Le sue parole trasudavano sarcasmo e Vyktor sollevò le sopracciglia. "Ho sentito dire che essere puniti con la pelle bagnata è peggio di quando è asciutta. Vogliamo testare questa teoria, cucciola?"

"Oh, sì" sorrise lei, la cui malizia stava tornando in superficie. "Siete così divertenti!"

Gli gettò addosso qualche spruzzo d'acqua. Alcune gocce atterrarono sulle guance e sul naso del drago e, per la prima volta da quando lo conosceva, le sembrò un tantino comico e le piacque. La paura e l'imbarazzo, prima presenti per gran parte del loro tempo insieme, erano spariti. Anche se indossava il collare e lui teneva in mano il guinzaglio, all'improvviso Aria si sentì quasi una sua pari.

"Cucciola cattiva" commentò lui, asciugandosi il viso. Posò le braccia sul bordo della vasca e la osservò, mentre si staccava dalla parete della vasca e scivolava nuda nell'acqua. I movimenti di Aria erano ostacolati solo dalla lunghezza del guinzaglio. Vyktor allentò gli anelli della catena, facendoli scorrere tra le dita e cadere sul fondo della vasca, profonda quasi un metro e mezzo. La catena era abbastanza lunga da trascinarsi sul fondo, dandole l'impressione di essere legata a un'ancora molto delicata.

"Sono ancora completamente sotto controllo?" Aria sogghignò mentre nuotava pigramente fino all'altro lato della vasca, frapponendo almeno tre metri di distanza tra loro.

"Sei sempre sotto controllo in mia presenza" rispose Vyktor con voce rauca e profonda. "Che ti piaccia o no."

Aria ebbe la sensazione inquietante che fosse vero. Anche se nella vasca da bagno si sentiva libera, era comunque imprigionata non solo nel bagno, ma anche dal collare, ed era ancora nuda e completamente alla sua mercé.

"Vieni, cucciola." Il drago la chiamò con un dito. "Lascia che ti lavi."

Aria rifletté su quell'offerta, poi accettò. Spingendosi con un piede sulla parete della vasca, tornò da Vyktor e gli permise di prenderla tra le sue mani. L'intimità tra loro era già intensa. Aria non sapeva perché. La teneva prigioniera da neanche un giorno, un lasso di tempo troppo breve per innescare la sindrome di Stoccolma, eppure, quando la teneva delicatamente come adesso e lei osservava il suo bel viso e lo guardava in quegli occhi strani e non tanto umani, percepiva un legame.

Forse, non era basato sulla prigionia. Poteva essere lo stesso legame o desiderio che l'aveva attirata verso la tempesta intorno al portale. Aria non lo sapeva, ed era troppo difficile rifletterci su, mentre Vyktor prendeva un panno morbido e spalmava sopra del sapone, creando una schiuma.

Sospirò piano quando la fece voltare da un'altra parte e cominciò a strofinare il sapone sulla sua schiena e sulle sue spalle, con un lento e sensuale movimento massaggiante capace di scioglierle muscoli che, poco prima, non le erano sembrati affatto tesi. Le sue grandi mani sapevano essere incredibilmente gentili e Aria iniziò a sprofondare in uno stato più profondo di relax mentre lui le strofinava tutta la schiena con il panno, ripulendola dalla sporcizia dovuta alle imprese del giorno precedente.

"È molto piacevole" gemette piano Aria.

"Bene" rispose lui, la cui voce profonda tuonò proprio dietro il suo orecchio, poi la attirò con il sedere sulla propria coscia e continuò a lavare il suo corpo, seguendo tutte le sue curve. Aria emise un lieve mugugno quando lui la massaggiò intorno e sotto i seni, facendole diventare i capezzoli turgidi.

"Sei così reattiva, cucciola" commentò lui. "Lo ammetto, sapevo che gli umani erano addomesticabili, ma non avevo idea della facilità con cui potessero essere domati."

"Non sono stata domata" replicò lei, girandosi in un mulinello d'acqua e allontanandosi di qualche spanna. "Non sono mica stupida."

Vyktor la fissò con la sua espressione saggia e gli occhi saccenti. "Eh?"

Aria chiuse la bocca. Se gli avesse detto che gli dava corda solo per fargli credere che era sotto il suo incantesimo, avrebbe introdotto una certa sfiducia, capace di mandare a monte l'intero piano.

Vyktor scosse la testa e la chiamò con un dito. "Vieni qui, cucciola" mormorò. "L'orgoglio non ti permette di riconoscere le tue emozioni, ma te lo leggo negli occhi. Non sono più accesi di odio come prima. Non devi vergognartene. È naturale per un'entità più debole dipendere da un'altra più forte..."

"Vaffanculo!" imprecò Aria. "Tu non sei più forte di me."

Vyktor gettò indietro la testa e rise con un divertimento genuino. La sua voce profonda riecheggiò tra le pareti.

"Di cosa ti illudi, cucciola?" La guardò come avrebbe potuto fare con un cane la cui testa era rimasta bloccata in una porta per gatti. "Certo che sono più forte di te."

"Fisicamente, forse" replicò lei, "e forse parlerai le lingue meglio di me... ma..."

"Niente 'ma'" la interruppe. "Sei stata creata per essere la mia cucciola. Sei perfetta per questo. Un corpo dalle forme morbide, abbastanza spirito da rappresentare una sfida, un desiderio di essere in cielo che ti ha spinta a salire su un aggeggio pericoloso e a immaginare di possedere quelle ali che gli umani sembrano desiderare d'istinto, ma che per qualche motivo hanno perso."

Quando parlava in quel modo, Aria era quasi tentata di essere d'accordo con lui. Forse era per il suo carisma, per la sua voce tonante che infondeva una vibrante verità in lei, oppure aveva solo... ragione. Era molto più potente, più antico...

"Sei invidioso" affermò Aria, ispirata all'improvviso. "La tua gente non sa come produrre elettricità, o macchine come le auto e gli aerei. Non è stata la tua gente a capire come creare un portale. Siamo stati noi. Quindi, forse, dovresti smettere di presupporre che siete migliori di noi. Per quanto ne so, tu sei un cimelio storico."

Vyktor la prese per il polso e la attirò a sé, creando una piccola onda che si infranse contro le squame sulle sue spalle. Aria si protese per mantenere l'equilibrio e posò le mani su quelle squame. Si meravigliò della sensazione che le davano sotto le mani, calde e solide ma non dure e spiacevoli al tocco.

"Un cimelio che può scoparti fino a farti vedere le stelle" ringhiò il drago contro le sue labbra, prima di darle un bacio, infilandole la lingua in bocca.

Il suo bacio le fece girare la testa. I sensi di Aria furono travolti dall'intensità del suo desiderio. Era un cimelio, su questo non c'erano dubbi, ma di quelli che, con l'età, diventavano più forti, invece di sgretolarsi nel corso del tempo.

Si abbandonò, diventando più morbida contro il suo corpo solido, mentre lui la prendeva per i capelli e la teneva ferma, proprio dove la voleva, dominandola a ogni respiro. Il corpo di Aria reagì con un istinto rapido e intenso.

La sua umidità si mescolò con l'acqua della vasca, mentre la punta del suo pene cercava e scovava il suo sesso. Vyktor fece scorrere le mani sul suo corpo, poi la afferrò per i fianchi e spinse forte dentro di lei, riempiendola con una brusca stoccata fino in fondo.

Aria strillò contro la sua bocca, ma le grida vennero soffocate dalle labbra di Vyktor, che la teneva ferma e la scopava con severità, punendola per la sua insolenza e dilatandola con la sua grossa erezione. Aria gridò, senza sapere se fosse per il piacere o per il dolore. Sapeva solo che voleva di più, voleva sempre di più quell'asta bollente capace di farla sciogliere, voleva sempre di più quell'uomo, quel drago che non si curava delle regole umane sul fidanzamento e la scopava quando gli pareva. Per piacere. Per disciplina. Per quello che voleva lui.

L'acqua si increspava intorno al corpo pronto di Aria, mentre lui la sollevava e la spingeva giù, fottendola senza che lei dovesse muovere un muscolo. Era come un giocattolo tra le sue braccia, sollevata e tirata verso il basso con molta facilità per essere impalata sulla sua verga rigida. Il suo corpo era ricoperto di gocce d'acqua, mentre saliva e scendeva come una ninfa tra le braccia di un dio.

Non c'erano più parole, nemmeno nella sua testa. Solo immagini evocate dal profondo di quello che sembrava un inconscio collettivo. Quando stava con lui, era collegata a qualcosa che risiedeva in entrambi. Lo guardò negli occhi e vide qualcosa che la spaventò e le diede un senso di euforia prima impensabile. Stava cavalcando questo drago, e il suo sesso tremante eccitava la sua erezione mentre veniva razziata a ogni brusca spinta.

Forse, aveva deciso di darle una lezione, ma la sua vagina lo accoglieva con un'impazienza che buttava al vento qualsiasi idea di disciplina. Il suo miele scivoloso rivestiva ormai l'asta in movimento del drago, rendendo facile il passaggio nel suo corpo. La prima volta che lui aveva spinto dentro di lei, Aria aveva pensato di potersi spaccare in due, ma adesso stava imparando ad accoglierlo, a rilassare alcuni muscoli e a stringerne altri. Il suo clitoride eretto sfregava contro le squame più dure alla base del suo pene. Erano un accoppiamento perfetto per il suo corpo e la loro consistenza ruvida la stimolava in un modo che nessun umano avrebbe potuto fare.

Vyktor colse il cambiamento nel suo corpo, il modo in cui i suoi fianchi spingevano con fierezza contro le sue cosce, il modo in cui lei gettava la testa all'indietro, beandosi delle sensazioni prodotte dai suoi movimenti, le quali si diffondevano dalle punte dei piedi fino alle radici dei capelli.

"Com'è questo cimelio dentro di te, cucciola?"

La tenne immobile sulla sua asta, senza permetterle di scivolare verso l'alto o verso il basso, o di fare qualsiasi cosa finché non gli avesse risposto.

"Mnnnn…" gemette Aria, sforzandosi di divincolarsi dalle sue mani. La forza del drago era invincibile, però, e lei non riusciva a muoversi di un millimetro.

Vyktor, per tutta risposta, emise un gemito. "Sei tanto stretta che…" sibilò e Aria sentì il suo sesso pulsare dentro di lei. Si rese conto all'improvviso che il drago stava per perdere il controllo. Nonostante il collare e il fatto di averla incatenata e immobilizzata sui suoi fianchi, impalandola sul suo pene, i muscoli interni di Aria stavano reagendo in modi che Vyktor non poteva controllare. Lo strinsero e lo spremettero come facevano le umane fin dall'antichità, innescando in lui una reazione inevitabile.

Vyktor gettò indietro la testa con un ringhio che si trasformò in un ruggito di piacere quando il suo sesso si irrigidì dentro di lei. Aria sentì il suo sperma in profondità, caldi fiotti che bagnavano le delicate pareti della sua vagina, le stesse che avevano spezzato la determinazione di un drago.

Vedere il drago perdere la battaglia contro il proprio desiderio innescò l'orgasmo di Aria, un torrente di piacere che la attraversò mentre spingeva contro di lui, con i fianchi che si ribellavano alla sua stretta mentre il corpo di lei faceva quello per cui era stato creato: accogliere il seme di un maschio più a fondo possibile nel proprio ventre caldo. Vyktor non le stava più impedendo di muoversi, quindi era libera di spingere contro la sua carne solida per raggiungere l'apice del piacere, al centro del quale c'era l'erezione di lui.

Percepì l'orgasmo dappertutto, una sensazione intensa che mandò la sua mente in un luogo ben oltre ogni luogo possibile, liberando perfino la sua anima. La grossa verga nel suo corpo rimase calda e dura, mentre lei si dimenava sopra il suo compagno. I movimenti di piacere di Aria crearono delle onde nella vasca da bagno, e lei infine crollò contro il suo petto. Socchiuse gli occhi, mentre lui faceva scorrere le mani lentamente sulla sua schiena e sul suo sedere.

"Anche se facessimo il bagno per l'eternità, saresti comunque una piccola e sporca cucciola" mormorò Vyktor nel suo orecchio.

Aria emise un lieve gemito mentre lui la afferrava per il sedere e scivolava lentamente fuori dalle sue avide labbra. Si sentì di nuovo vuota e un po' indolenzita mentre il seme del drago si riversava nell'acqua calda della vasca.

Sdraiata sul suo petto, sfinita dopo tutti quegli sforzi, Aria non resistette quando Vyktor prese un panno e iniziò con delicatezza a lavarle le parti intime, molto provate. Si ritrovò alla deriva in uno stato di dormiveglia, mentre le mani del drago vagavano sul suo corpo e il padrone recuperava il proprio animale domestico dopo quel breve successo erotico.

CAPITOLO SETTE

$\mathcal{A}$ ria si svegliò con un drago che russava al suo fianco, nel grande letto che usava assieme a lui. Erano passati cinque giorni da quand'era stata catturata da Vyktor e lui non l'aveva più rinchiusa nella gabbia. Le aveva lasciato addosso il collare, saldato in qualche modo e con delicatezza intorno alla gola. Il metallo reagiva stranamente a Vyktor, che poteva pizzicarlo per saldarne delle parti. Lei ipotizzò che possedesse una sorta di potere termico... cinetico... non conosceva i termini esatti, ma c'era qualcosa nelle sue dita, un sistema per trasmettere l'energia che faceva piegare il metallo alla sua volontà.

"So sempre quando sei sveglia" dichiarò lui ancor prima di aprire gli occhi. "Il tuo guinzaglio inizia a tintinnare."

"Questo perché mi hai attaccato una campanella al collo, come se fossi una gatta."

Vyktor aprì un occhio per guardarla. "Perché gli umani attaccano una campanella al collo dei gatti?"

"Per impedire loro di fare gli agguati agli uccelli e mangiarseli."

"Ah" rispose lui. "Beh, non ho paura che tu faccia un agguato a qualche uccellino. Non sei una predatrice, vero, cucciola?"

Aria sentì le narici dilatarsi. Lo detestava quando sembrava pensare che lei fosse debole, delicata e incapace di nuocere a chiunque. Forse, non avrebbe potuto fare del male a lui nello specifico, ma di propria iniziativa era molto pericolosa.

"Tu non sai cosa sono" replicò, scontrosa.

"Forse no. Non sappiamo molto l'uno dell'altra, vero, cucciola?"

"No" concordò Aria. "Non so nemmeno quanti anni hai... In effetti, *quanti* anni hai?"

"Anni umani, intendi? Hmm... è difficile convertirli, ma circa quattrocento anni, suppongo."

"Caspita! 'Cimelio' è un soprannome azzeccato" sogghignò lei, guadagnandosi una sculacciata, alla quale sfuggì con uno strillo usando le coperte del letto per avvolgersi in un bozzolo sicuro antisculacciate.

"Il tempo passa in modo diverso nel nostro regno" spiegò Vyktor, scuotendo la testa di fronte alle sue pagliacciate. "Direi che la mia età equivale a quarant'anni, forse?"

"Sei sempre un cimelio" rise Aria. "Io ho da poco superato la ventina."

"Nel nostro regno, saresti più vicina ai duecento anni."

"Ricordami di non dire a nessuno la mia età in anni dei draghi" sorrise lei. Si stava godendo la compagnia di Vyktor. Sapeva che non avrebbe dovuto farlo, soprattutto dopo il modo in cui l'aveva spogliata davanti ai suoi uomini e messa in mostra, ma da allora, il drago non aveva più ripetuto quel trattamento.

"Credo sia arrivato il momento di tornare al tuo addestramento" affermò lui, come leggendole nel pensiero. "Stai diventando troppo informale, cucciola. Volevo che ti mettessi un po' a tuo agio, cosa che, secondo me, hai fatto."

Aria lo adocchiò, sospettosa, dal suo porto sicuro tra le coperte.

"Sono già tua prigioniera. Mi hai già incatenata e scopata davanti a tutti. Che altro c'è?"

"Molto altro, cucciola" sorrise il drago, accarezzandole il viso con tenerezza. "Ho bisogno che tu sia addestrata come si deve."

"Che cosa significa?"

"Significa che ti sottometterai in maniera adeguata quando ti possiederò, cucciola, ma voglio di più. Voglio che tu ti sottometta di tua spontanea volontà."

"Non credo proprio" rispose Aria, girando la testa per mordicchiargli le dita.

"È di scarsa utilità, ai fini della nostra impresa, se gli esseri umani sono accondiscendenti solo quando vengono penetrati. È piacevole per il padrone, ma poco pratico." Vyktor rispose al morso spingendo le dita verso la sua bocca e affondandole tra le sue labbra. Aria preferì ritrarsi piuttosto che finire con il succhiargli le dita.

"Quindi l'addestramento che hai in mente non è di tipo sessuale?"

"Oh, sì che è sessuale" sorrise lui. "Ma l'attenzione è focalizzata sull'obbedienza, e il tuo piacere è la ricompensa."

"Quindi, per tutto questo tempo, mi hai ricompensata" commentò lei. "Non lo sapevo."

"Lo sapevi, cucciola" disse il drago con un oscuro sogghigno. "Anche mentre eri incatenata e venivi posseduta davanti ai miei uomini, sapevi che il tuo piacere era un punto fondamentale, che tu obbedissi o meno."

"Non è piacevole essere sculacciata" mise il broncio Aria.

"È cosa comune per gli esseri umani mentire sui propri gusti personali? Questa vostra caratteristica mi confonde" osservò Vyktor.

"Non è raro" ammise lei. "Ma non significa che mi sia piaciuto... quello che mi hai fatto."

"Molto bene" annuì Vyktor. "Quello che farai dopo, sarà solo di tua spontanea volontà. Non ci sarà alcun dubbio nella tua mente o nella mia."

"Non voglio essere addestrata, Vyktor" affermò Aria. "Non succederà senza le tue fruste e le tue catene."

"So che le adori, cucciola" rispose lui, "ma questo ti piacerà altrettanto. Sdraiati supina e divarica le gambe per me."

"No" rispose Aria, pensando che una resistenza ferrea fosse il modo migliore per togliergli dalla testa la folle idea di trasformarla in un docile animale domestico.

Vyktor soffiò con il naso. Non sembrò sorpreso, né preoccupato per la sua reazione.

"Ricorda, cucciola" disse. "Controllo ancora i limiti del tuo mondo, il letto in cui dormi, i bagni che fai..."

"Se devi minacciarmi per convincermi a comportarmi bene, non significa comportarsi bene."

"Ah, quindi, nel tuo mondo, quando rispetti le leggi stabilite dai tuoi capi, lo fai perché credi davvero in ognuno dei loro editti?"

"No, ma non sono loro a dirmi che sono una cucciola ben addestrata."

"Certo che no. Non arriverebbero a tanta sincerità. Un'ulteriore prova della tendenza umana a gettare fumo su cose ovvie, usando certe parole per mascherare le realtà in cui vivete. Molto, molto strano. Sprecherete molto tempo a discutere senza che cambi nulla."

"È così" ammise lei. "Ci sono commissioni internazionali dedicate."

Vyktor afferrò Aria per una gamba e la rovesciò in posizione supina. Le coperte che l'avevano protetta dalla sua ira volarono via, lasciando il suo corpo nudo ed esposto mentre Vyktor si inginocchiava, con la sua mole che torreggiava su di lei.

Aria lo guardò con un mezzo sorriso, intuendo che le sue argomentazioni gli stavano facendo perdere la pazienza. Bene. Questo gli avrebbe dimostrato che non la stava comandando per davvero.

"Fammi vedere come discuti adesso, cucciola" disse lui, scivolando sul suo corpo finché Aria non vide le sue spalle imponenti e la sua testa massiccia tra le proprie ginocchia. In nome di un istinto di protezione, Aria aveva piegato le gambe, ma esse si allargarono con facilità quando Vyktor chinò la testa e la sua lingua scivolò fuori dalla bocca per trovare la morbida linea che separava le sue piccole labbra.

"Ah!" Aria boccheggiò. La lingua del drago era calda contro il suo sesso, molto più calda di quella di qualsiasi uomo normale. Era anche più lunga e più muscolosa. Vyktor la controllava meglio, una lezione che Aria imparò quando la sentì muoversi sul suo sesso con dei movimenti ondulatori lenti e sensuali che le strapparono dei gemiti.

Vyktor fece scorrere più volte a quel modo la lingua su e giù sulla sua apertura, stuzzicando le sue labbra affinché si aprissero per lui. Le sensibili pieghe interne di Aria si gonfiarono per andare incontro alla punta calda e umida della sua lingua di drago. Le dita di Aria strinsero le lenzuola mentre spalancava le gambe per accogliere sempre di più quella sensazione paradisiaca.

Non aveva mai apprezzato molto il fatto di ricevere sesso orale. La sua impressione generale era stata quella di sentire lo sfregamento della barba sulle parti basse, mentre un partner entusiasta la leccava come una specie di cane impazzito. Quello che Vyktor le stava facendo, invece, era tutt'altra cosa. Sembrava aver disegnato una mappa di ogni piccola zona erogena del suo sesso e del suo corpo e pareva che adesso stesse applicando quelle conoscenze a proprio vantaggio, girando intorno alla sporgenza del clitoride e poi scivolando verso il centro della fessura per affondare finalmente nel suo sesso, sempre più rigonfio, il muscolo spesso della lingua, il cui calore umido le faceva gettare la testa all'indietro, con un grido di pura estasi che si sollevava fino al soffitto di pietra.

"Oddio!"

Sentiva che la sua lingua iniziava a muoversi dentro di lei, avanti e indietro a una decina di centimetri di profondità. Quella protuberanza di carne, grossa e calda, procedeva sinuosa nella sua vagina. Era quasi insopportabile. Aria spinse con il bacino e inarcò la schiena. Il suo desiderio di lui era così grande da dimenticare che, in teoria, non avrebbe dovuto perdere la testa per il desiderio.

"Cazzo... per favore... oddio... Vyktor..."

Il drago allontanò la lingua e si mise a sedere.

Aria aprì gli occhi di scatto. "Cosa stai facendo?!" Pose quella domanda tramite un uggiolio disperato.

"Ti sei già dimenticata, cucciola?" Vyktor le puntò addosso quei saccenti occhi felini.

"Cosa?"

"Questa è una sessione di addestramento."

"Ah, per..." gemette Aria. "Ma..."

La mano del drago scivolò tra le sue cosce per trovare la sua piccola e avida vagina.

"Penso che ti piacerà, cucciola" disse, iniziando ad accarezzarla. I suoi occhi brillavano di certezza, il che la mise in agitazione mentre il respiro di Aria diventava sempre più corto.

"Fammi venire!"

"Non ancora" replicò lui, tirando via la mano e abbandonandola ancora una volta. "Quando ti darò l'ordine, cucciola" disse, "ti presenterai per l'accoppiamento. Ti inginocchierai, metterai le mani davanti a te e solleverai il sedere il più possibile. Se ti chiederò di farmi vedere tutto, completamente, vorrà dire che dovrai tenere aperte le natiche, in modo tale che l'ano e la vagina siano entrambi esposti."

Aria arrossì in una vampata di umiliazione. Al solo pensiero di fare quello che le stava dicendo, tremava... ma la sua vagina si contraeva anche per l'aspettativa e il suo clitoride fremeva.

"Fammi vedere, cucciola."

Vyktor le diede quell'ordine e Aria rimase paralizzata. Le stava chiedendo di svilirsi davanti a lui. Avrebbe dovuto rifiutare, poco ma sicuro, eppure era molto sexy, e una parte di lei voleva obbedirgli.

"In ginocchio, cucciola" le ordinò, afferrando il suo collare per farsi rispettare. La sollevò dalla posizione supina, finché non rimase inginocchiata sul letto. Aria oppose un minimo di resistenza, anche se era inutile: Vyktor sarebbe andato avanti comunque, e lo sapevano entrambi.

"Bene" disse lui quando Aria fu in posizione. "Non è così male, vero, cucciola? Ora, girati e metti le mani davanti a te. Solleva il sedere. Fammi vedere tutto ciò che la mia cucciola ha da offrirmi."

Lentamente, Aria fece come le era stato detto. La sua vagina soffriva di desiderio per lui; le sue esplorazioni orali l'avevano lasciata bagnata, e anche se il suo orgasmo, al momento, si era ritirato, sentiva che persisteva all'altezza del clitoride carico di tensione, in attesa di esplodere per le carezze del drago.

Sentì il suo ringhio di piacere quando sollevò il sedere e gli mostrò le parti intime.

"Piccole pieghe rosee, così tenere" mormorò Vyktor, seguendone il contorno con un dito. "Tieni le mani in basso e il sedere in alto" le ricordò, quando lei iniziò ad agitarsi.

Mantenere la posizione era difficile. Vyktor usava il suo corpo con lentezza, toccandola nei punti più sensibili con carezze delicate che la rendevano sempre più bagnata. Sapeva esattamente come eccitarla... e lei l'aveva voluto fin dal momento in cui il drago aveva appoggiato le labbra sul suo sesso per mostrarle un nuovo tipo di piacere. In quel preciso istante, Aria avrebbe accettato le sue labbra o la sua erezione. Voleva solo sentire dentro una parte di lui... ne aveva bisogno.

Aria non comprendeva questa vena perversa. Forse, c'era qualcosa nel suo seme che la spingeva a bramarlo così tanto, oppure si trattava del semplice fatto di essere una donna nuda, tenuta prigioniera da una potente creatura in una grotta lontana dalla civiltà, le cui catene mentali, che le avevano impedito di permettere a un uomo di darle ordini in camera da letto, stavano cedendo, proprio come aveva voluto Vyktor.

Era sua prigioniera da appena una settimana. In quel breve lasso di tempo, gran parte della sua resistenza iniziale era svanita, sostituita da un desiderio che la faceva sentire più viva di quanto non le fosse mai successo prima. Stava già gemendo, mentre teneva in alto il bacino in attesa che lui scivolasse nel suo sesso caldo e bagnato.

"Molto bene" disse Victor, con la punta del dito che descriveva dei lenti cerchi intorno all'entrata del suo corpo. "Adesso appoggia il viso sulle coperte, cucciola, e metti le mani sulle natiche. Voglio che tu ti apra per me."

Aria emise un lamento di protesta. Perché non la possedeva e basta? Perché insistere su tutte quelle piccole cose imbarazzanti che le rendevano la vita ancora più difficile?

"Per favore" gemette.

Vyktor fece scorrere una mano sul suo sedere e si chinò in avanti. Aria pensò che volesse leccarla tra le gambe, invece il drago alitò vicino al suo sedere e lei sentì la pelle cominciare a scottare.

"Ehi!"

"Se non obbedirai, ci saranno delle conseguenze" le ricordò Vyktor. "Questo è un addestramento, cucciola. Avrai il piacere quando farai come dico io, è molto semplice."

Aria si contorse, con il sedere che bruciava sempre di più mentre lui la sculacciava, sfiorandole anche il sesso con lievi titillamenti che si lasciavano dietro quel formicolio rovente. Eppure, non gli obbedì.

"Stai opponendo resistenza perché non vuoi farlo? Oppure perché non vuoi ammettere che è ciò che desideri di più in assoluto? In questo momento, il tuo corpo desidera il contatto con me, vero, cucciola? Devi fare come ti ho detto. Devi tendere le braccia all'indietro e appoggiare le mani sulle natiche per allargarle, cucciola."

La conosceva decisamente bene. Sembrava in grado di leggere ogni lineamento del suo corpo, ogni respiro ansante. Non ci si poteva nascondere da quella creatura, il cui intelletto e istinto, dalla forza impressionante, erano focalizzati solo su di lei.

Con un lieve mugolio, Aria allungò le braccia all'indietro e fece scivolare le dita sul sedere. Stringendo delicatamente le natiche, sperò che fosse abbastanza.

"Aprile, cucciola" disse lui. "Voglio vedere tutto quello che mi hai mostrato. Voglio vedere la mia cucciola in tutta la sua gloria."

Aria fece lentamente come le era stato detto, mettendosi a nudo per lui, stringendo il piccolo orifizio tra le natiche mentre le apriva tanto quanto le labbra della vagina. Sentì il miele della sua eccitazione scorrere piano verso il basso, fino al piccolo clitoride vulnerabile.

"Molto bene, cucciola" la elogiò Vyktor con parole calorose, dandole finalmente ciò che desiderava. Aria percepì la punta calda e voluminosa del pene sfiorare la sua fessura, sempre più bollente. L'erezione sfiorò le sue pieghe bagnate, su e giù, prima di trovare il suo buchino stretto.

Lentamente, ma con fermezza, spinse dentro di lei, dilatandola con la sua circonferenza e prendendo tutto da lei. Era così grosso e duro, le sembrava di essere scopata da una roccia vivente. All'inizio fu gentile, poi le mani di Aria scivolarono via dalle natiche allargate e arrossate, allora lui si mise a spingere con forza.

"Continua ad aprirti per me, cucciola" le ricordò. "Metti in mostra la tua bella vagina."

Aria gemette contro le coperte. Il suo sesso tremò mentre il drago entrava così in profondità dentro di lei da sentirsi completata alla perfezione da lui. Lo stava facendo di nuovo, rendendo l'impensabile non solo possibile, ma anche desiderabile. Man mano, iniziò a possederla sempre più forte. Il suo pene, reso scivoloso dai fluidi di Aria, si muoveva con facilità avanti e indietro nella sua vagina calda e bagnata. E Aria si aprì per lui, proprio come le aveva ordinato di fare.

La scopò in quel modo per diversi minuti, senza accelerare né rallentare, stimolandola abbastanza da tenere accesa l'eccitazione ma senza permetterle di raggiungere l'apice del piacere. C'era una sorta di disciplina nel modo in cui la stava fottendo. Era così controllato, così deliberato.

"Hai bisogno di altro, vero, cucciola?" mormorò. "È abbastanza?"

"Mnnnngghh..." Aria avrebbe dovuto dire di sì, ma la curiosità per ciò che comportava quella parola, 'altro', era troppo forte.

Lui uscì dalla sua vagina e vi inserì le dita. Era questo 'l'altro'? Si sentì un po' confusa, finché lui non raccolse il suo miele e cominciò a spalmarlo un po' più in alto... sul piccolo orifizio del sedere. Non aveva mai permesso a nessun uomo di fare qualcosa lì, in passato, ma Vyktor non era un uomo, e le sue dita calde, bagnate e scivolose la mettevano in agitazione mentre lui giocava con il suo ano.

"Questo buchino" ringhiò lui, "mi chiedo come sarebbe inserire il mio sesso qui dentro. Riusciresti a prenderlo, cucciola?"

"Non lo so" gracchiò lei. Avrebbe dovuto dire di no, ma ormai sembrava non volerlo più. Teneva ancora le dita sulle natiche, aprendole per Vyktor. Non gliel'aveva più ricordato nell'ultima manciata di minuti, ma lei gli stava obbedendo comunque, aiutandolo mentre iniziava a saggiare il suo sedere con il dito indice.

Era stretta quando iniziò ad affondarlo dentro di lei, allargando lentamente quello stretto anello di muscoli.

"In base alle mie letture, agli umani piace essere presi qui" mormorò il drago. "Ma per loro, può essere un atto tabù. Lo ammetto, questo mi ha incuriosito."

Aria boccheggiò quando il suo dito iniziò ad affondare in profondità, oltre la prima nocca e fino alla seconda. Era solo un dito, ma il suo sedere si serrò intorno a esso. Pian piano, Vyktor entrò e uscì con il dito finché lei non cominciò a rilassarsi, poi lo estrasse del tutto e appoggiò la punta del pene su quella tenera apertura.

"Vyktor" gemette piano Aria, "è troppo grosso."

"Secondo me, no, cucciola" le rispose, premendo con maggior decisione affinché il suo sedere si dilatasse intorno alla punta del pene. "Penso che tu riesca ad accogliermi."

Aveva ragione. Poteva farcela. Dopo ogni respiro, Aria si rilassava un po' di più, con il calore, sempre più diffuso, della sua erezione che scivolava dentro di lei in maniera quasi delicata. Non del tutto delicato, però: come poteva esserlo, quando il suo largo e grosso membro la dilatava nel punto più intimo di tutti?

Rimase al suo posto, permettendogli di prenderla lì e aiutandolo a infrangere uno dei massimi tabù contro il suo corpo. Dalla sua vagina scorrevano fluidi dettati da un'eccitazione più viva che mai, e finalmente il drago iniziò a spingere nel suo sedere, a scopare quel buchino stretto proprio come aveva fatto con la sua bocca e il suo sesso. Ogni parte di lei gli apparteneva. Vyktor usò i fluidi della sua eccitazione per facilitare il passaggio, iniziando a prenderla ancora più forte, scivolando nelle profondità del suo corpo, con l'addome che incontrava più volte il suo sedere e la parte bassa della schiena, mentre stava chino su di lei. La sua mole la nascondeva mentre si accoppiavano nel modo più depravato che Aria potesse immaginare.

Tra grugniti e sudore, annaspando per il suo sporco piacere contro le lenzuola, Aria si abbandonò all'accoppiamento. Non le importava come la scopava: bastava che lo facesse.

Aveva bisogno di lui più dell'ossigeno mentre gridava a più riprese, con il sedere e la vagina che puntavano verso l'alto, alla mercé del drago. Nella stanza riecheggiavano i rumori dei loro corpi che sbattevano, rumori bagnati e ripetuti di pelle contro pelle, mentre Vyktor infilava una mano sotto la sua pancia e iniziava ad accarezzarle il clitoride.

"Cazzo! Vyktor!" gridò Aria, quasi come se fosse in agonia, ma non c'era dolore. Era persa nel piacere, e le sue mani, sudate per l'amplesso, scivolarono via dalle natiche quando il drago rotolò sul fianco. Tenendola contro di sé, le scopò il sedere, massaggiando e schiaffeggiando il suo sesso, mentre Aria muoveva il bacino e gridava per un orgasmo che la portò quasi a uno stato di incoscienza.

Il ringhio di piacere del drago incontrò il suo durante il loro orgasmo simultaneo. Mentre i loro corpi erano avvinghiati, il seme del drago si riversò nelle sue viscere quando Vyktor riempì il suo sedere fino all'orlo.

"Brava, cucciola" tuonò mentre giacevano sul letto. La pelle di Aria luccicava per il sudore e il seme di lui scivolò fuori dal suo sedere, mentre il suo sesso era scosso dagli ultimi fremiti dell'orgasmo. Nessun uomo avrebbe potuto fare quello che le aveva fatto Vyktor. Nessun uomo riusciva a farla sentire così sazia e posseduta appieno.

Lui la prese in braccio e la trasportò nel letto, non il giaciglio nella gabbia, ma il letto dove dormiva Vyktor, e la adagiò sopra di esso. Il drago si accoccolò dietro di lei, tenendola vicino al proprio possente corpo mentre Aria si riprendeva dall'amplesso.

Pian piano, la potente scarica ormonale scemò, allora Aria cominciò a tornare in sé. Una versione di se stessa più morbida, forse più leggera e rilassata.

"Hai combattuto a lungo e con impegno, cucciola" mormorò Vyktor, facendo scorrere le unghie sulla sua nuca. "Non hai più bisogno di combattere."

Sarebbe bello, pensò Aria, non dover combattere, ma aveva combattuto per tanto tempo e si era allenata duramente per far parte di una squadra che aveva lottato fino all'ultimo respiro, perciò non era sicura di potersi arrendere a lungo. Vyktor poteva possederla, spingere la sua resistenza fino a distruggerla e a trasformarla in remissività volontaria, ma non era questa la natura di Aria.

"Sei insaziabile" mormorò Aria, quando lui fece scivolare una mano tra le sue cosce per appoggiarla sul suo sesso. Era ancora dolorante per il rapporto precedente, ma non appena la mano forte di Vyktor trovò il suo sesso, sentì il suo corpo reagire.

"Siamo creature lussuriose, cucciola, così come gli umani. Potrebbe essere l'unico tratto che abbiamo veramente in comune." Le massaggiò delicatamente le piccole labbra. "È eccessivo, per te? Stai diventando troppo indolenzita?"

Aria si girò per guardarlo, sorpresa. Fino a quel momento, il drago non le aveva mai chiesto nulla sul suo stato d'animo, perciò quella domanda le sembrò strana.

"Ti interessa?"

"Non voglio lacerarti, cucciola" rispose lui, sfiorandola con i denti sulla spalla e sul collo. "So che mi ritieni un crudele rapitore, e forse, a volte, corrispondo a questa descrizione. Ma ciò che percepisci come crudeltà non è mai stato un desiderio di farti del male. Man mano che diventerai più addomesticata, chiederò più spesso la tua opinione."

"Non verrò mai addomesticata..." Aria emise un lieve ringhio, con cui non fece altro che guadagnarsi una lieve manata da parte di Vyktor tra le gambe. Il bruciore si diffuse sul suo sesso, le cui labbra erano già gonfie e doloranti dopo il loro vigoroso accoppiamento.

"Allora ti farà male" promise lui, facendola girare prona. Aria rimase sdraiata lì, bloccata dalla sua forte mano, ignara di cosa le avrebbe fatto. Vyktor le divaricò le gambe. Aria emise un mugolio, già pentendosi delle proprie parole.

Si aspettava il dolore, invece sentì il drago respirare tra le sue gambe e soffiare con delicatezza sul suo sesso. Ci fu un calore improvviso, che la sorprese e la confuse, soprattutto quando lui alzò la testa e soffiò sul suo sedere. Pensò di averlo sentito mormorare alcune parole, e il calore che le arrossava le natiche aumentò, diventando molto più intenso. Percepì una folata d'aria sulla pelle, che fu seguita da una vampata improvvisa.

"Ahi!" Allungò un braccio per strofinare via il calore, ma non sembrava di tipo fisico e non c'era niente che Aria potesse fare. "Ah, che male!"

"Te l'ho ripetuto varie volte, cucciola" ridacchiò lui minacciosamente, tenendo fermo il suo bacino mentre Aria si dimenava sul letto. "Posso comandare il tuo corpo in modi che riesci a malapena a immaginare. Posso piegare la tua carne alla mia volontà come voglio... spetta a te obbedirmi e agire con rispetto."

Soffiò di nuovo sul suo sedere, alimentando le braci del fuoco invisibile che le stava consumando le natiche. Aria strillò, incapace di sfuggire ai morsi di quel calore. Di tutti i trucchi usati dal drago, questo era forse il più umiliante. Si contorceva lì, nuda sul letto davanti a lui, con il sedere in fiamme come risultato di uno sbuffo d'aria dai polmoni di Vyktor.

"Vuoi capire o no, cucciola?"

"Sì!" Gli rispose in fretta, perché il calore sempre più diffuso stava consumando le sue natiche da cima a fondo, strisciando perfino verso le cosce. Lei scalciò e si dimenò, incapace di stare ferma quando sentì sul sedere quello che sembrò un duro colpo di pagaia.

"Vorresti forse scusarti?" la spronò lui. Aria non aveva neanche preso in considerazione l'idea delle scuse.

"Scusa!" boccheggiò. "Per favore, Vyktor..."

"Chiamami Padrone."

"Oddio, ti prego, scusa, Padrone!"

Il calore era ancora bruciante e pungente, ma diminuì un po' non appena lei pronunciò quelle parole. Nel giro di un attimo, si trasformò in un calore confortevole, quasi piacevole.

Tirò un sospiro di sollievo. La tensione svanì dai suoi muscoli, mentre le forti sensazioni che aveva provato la lasciavano piuttosto sfiancata. Qualunque cosa le avesse fatto con il respiro, non si trattava solo di provare calore e bruciore sulla pelle: le aveva portato via una parte della resistenza, trasformandola in un'umidità che adesso si stava soffermando sul sesso rigonfio di Aria.

"Allarga le gambe, cucciola."

Aria pensò di rifiutarsi, ma il calore era ancora impresso nella sua mente. Divaricò leggermente le gambe e non oppose resistenza quando Vyktor gliele allargò ancora di più.

Sentì di nuovo il suo respiro, ma stavolta non era caldo come prima. Si trattava ora di un calore leggero e stuzzicante, che diventava più o meno intenso su tutto il suo sedere, stimolando la sua vagina con la massima delicatezza possibile.

"Come ci riesci?"

"È uno dei nostri molti talenti, cucciola" rispose Vyktor. "Un drago sa controllare gli elementi dentro di sé."

"Allora puoi usare anche il ghiaccio?"

Il respiro continuò, ma a una temperatura diversa. Una fresca folata entrò in contatto con le labbra del suo sesso, un allettante cambiamento rispetto al calore di poco prima.

"È… mmnnn… proprio un bel trucco" gemette piano Aria.

"Quello che adoro di te, cucciola, è la tua capacità di riprenderti da qualsiasi castigo. Prima implori pietà, poi mi provochi di nuovo." Vyktor alzò una mano e la colpì sul sedere alla vecchia maniera. Aria strillò, notando che il bruciore di una sculacciata fisica non svaniva velocemente come quello inflitto con la magia.

"Adesso tirerai fuori un coniglio dal cilindro?"

Stava sfidando la sorte, lo sapevano entrambi. Dentro di lei, c'era ancora un impulso folle, voleva vedere fino a che punto poteva spingere l'uomo che si era proclamato suo padrone. Probabilmente, Aria non avrebbe mai capito quanto il drago fosse diverso, ma ogni volta che lo metteva alla prova, sembrava emergere una nuova capacità.

"Tu, cucciola mia, sei una monella" disse Vyktor con un'altra sculacciata più forte. "Una monella con un sesso indolenzito che sta prendendo in giro il suo padrone... Se non ti conoscessi meglio, direi che desideravi essere riempita, anche se sei ancora sensibile."

Aria si morse il labbro inferiore per soffocare un gemito in risposta alle parole di Vyktor. Era eccitata. Non poteva fare a meno di essere eccitata. Era una reazione naturale, come la notte che lasciava spazio al giorno; ogni volta che Vyktor la toccava, il suo corpo reagiva appieno e senza tener conto dei propri limiti.

"Vuoi essere scopata, cucciola?" Vyktor scivolò sulla sua schiena e le pose quella domanda mordicchiandole il lobo dell'orecchio. Aria sentì il suo lungo e pesante sesso scivolare sulla fessura tra le natiche. Sentì la vagina contrarsi, in attesa di essere riempita di nuovo.

La sua risposta fu un debole uggiolio, non proprio verbale, ma non doveva esserlo. Entrambi sapevano cos'era necessario fare... cos'era inevitabile.

"Sei una piccola creatura insaziabile" commentò il drago, facendo scivolare di nuovo il pene sul suo sedere. La punta della virilità di Vyktor premette tra le sue labbra ancora rigonfie e le separò. L'umidità scivolosa dell'eccitazione di lei e i residui del suo seme gli facilitarono il passaggio.

Fu incredibilmente gentile mentre la montava, scostandole i capelli dal viso per sussurrarle delle parole nell'orecchio. Non erano parole in inglese, né parole umane: ad Aria sembrarono poesie di un luogo molto antico e molto lontano. Erano parole dotate di potere, e mentre lui spingeva nella sua vagina stretta e usata a dovere, riuscirono a lenire il dolore e a farla cadere in uno stato di pacata sottomissione che non le apparteneva del tutto.

Aria inarcò i fianchi, allargò le cosce e lo prese in profondità. Si sentiva così appagata, così riempita... in qualche modo, più completa che mai. Quando si univano, diventavano qualcosa di diverso, qualcosa di più di quand'erano separati.

Ben presto, il bacino di Vyktor iniziò a cavalcarle il sedere a un ritmo costante che la dilatava di continuo ed esigeva che la sua vagina lo accogliesse fino in fondo. La impalò su di sé, con il sesso tremante di Aria asservito a lui, la sua mente ottenebrata dal piacere e la canzone che il drago stava cantando dolcemente nel suo orecchio.

Era una delle canzoni più belle che avesse mai sentito, intensa e melodica. Mentre il drago faceva l'amore con lei cantando, Aria assorbì quella canzone e le vennero in mente alcune immagini, evocate dal suo canto. Era come se non ascoltasse solo la canzone, ma la visualizzasse. Acque verdi e foschia che conducevano a scogliere scoscese, costellate di abitazioni scavate nella roccia, sopra le quali creature alate volavano in cielo. Era un mondo molto simile al suo, eppure così diverso. Era più ricco, più antico, più potente.

Aria stava per raggiungere un altro orgasmo. Era diverso, stavolta, non nasceva da un accoppiamento intenso o da una sottomissione assoluta, ma da un legame, da uno spazio condiviso a cui lei, in qualche modo, sapeva che erano entrambi legati.

Raggiunsero l'apice del piacere insieme, stretti in un abbraccio appassionato, mentre i loro corpi fremevano per lo sforzo di quella sessione di maratona. Solo dopo l'orgasmo, Aria si rese conto di aver pianto.

"Stai bene, cucciola?"

"Quel luogo..." Lo guardò. "Dove si trova?"

"Quella è casa" rispose lui, sapendo benissimo cosa intendeva. "È il mondo che siamo venuti qui per proteggere."

"Come hai fatto a mostrarmelo? Era... così chiaro... come una visione... un'allucinazione."

"Con le parole" disse il drago. "È una vecchia abilità. Mi dispiace. Era troppo? Non sapevo se avrebbe funzionato con te."

Aria lo osservò con gli occhi ancora inondati di lacrime. Le aveva detto fin dall'inizio che era una creatura di potere. Le aveva dato la caccia sotto forma di drago, l'aveva strappata dal suo aereo e l'aveva trasportata in volo a centinaia di miglia di distanza. L'aveva incatenata e le aveva mostrato abilità oltre la sua comprensione. E solo dopo aver visto la sua casa, lei iniziò a capire cosa aveva cercato di dirle per tutto il tempo: era il suo padrone.

Non perché l'avesse incatenata, non perché l'avesse punita, frustata, scopata, ma perché le aveva mostrato qualcosa di se stesso, qualcosa che le permetteva di non vederlo come un invasore con una fissazione per il potere.

"Non era troppo" rispose. "Ma era così bello..."

Vyktor era un uomo che combatteva per un mondo che lei poteva solo sognare. Qualsiasi cosa ci fosse oltre il portale, andava ben oltre l'immaginazione umana. Lo scorcio che le aveva mostrato la spingeva a provare un desiderio profondo e una tristezza dovuti al fatto di aver visto qualcosa di più maestoso di qualsiasi immaginazione.

"Ci sono due mondi in gioco, cucciola" disse Vyktor. "Entrambi più belli di qualunque fantasia. Vale la pena di combattere per entrambi. Quando sono entrato nel portale e ho visto questo posto, sapevo che gli umani non avrebbero mai interrotto la loro battaglia per questo mondo. Hanno troppo da perdere."

"Vorrei poter vedere quel posto."

"Purtroppo, non è possibile. Il pilota atterrato nel nostro regno si è ammalato ed è morto nel giro di pochi giorni. Abbiamo livelli molto alti di radiazioni nel nostro regno. Sono proprio questi livelli ad alimentarci, in gran parte. Possiamo assumere sostanze nutrienti in forma umana, ma con la pelle di drago siamo in grado di assorbire radiazioni pure. Purtroppo, voi umani non avete la stessa struttura fisica."

"Allora non l'avete ucciso? Ci hanno detto che è stato ucciso dalle vostre forze."

"Assolutamente no" rispose Vyktor. "I tuoi capi hanno mentito fin dall'inizio. Volevano dare inizio a un'invasione ma, quando si sono resi conto che non era fattibile, hanno vestito i panni delle vittime dei nostri eserciti. In verità, hanno semplicemente scatenato una battaglia che non potevano vincere. Invece di porre fine ai combattimenti, hanno sacrificato il loro popolo per il bene del loro ego."

Sembrava avere ragione.

"Avresti dovuto catturare una persona importante" osservò Aria. "A nessuno importa un accidente se morirò qui."

"Tu sei una persona che conta" replicò Vyktor. "Non lo capisci ancora, perché sei stata sempre trattata come se fossi il proiettile di una pistola, uno dei tanti oggetti pericolosi da sparare in direzione del nemico. Ma sei molto di più, cucciola. Ti presenterò di nuovo ai miei uomini, stasera. Sono passati diversi giorni, ormai, e stai già facendo enormi progressi."

Aria si fece piccola piccola contro di lui.

"Sei timida, cucciola?" le domandò con tenerezza, accarezzandola. "Non dovresti esserlo. Sei bellissima. Gli uomini mi invidiano perché ho te."

"Invidiano il fatto che puoi umiliarmi e usarmi."

"Siamo draghi. Accumuliamo tutto ciò che riguarda la bellezza, il potere e il valore" disse Vyktor. "L'umiliazione e l'uso sono concetti a cui sei sensibile, come umana. Quando ti metto in mostra davanti ai miei uomini, non è per umiliarti, ma per dimostrare che sei un gioiello prezioso e per motivarli a preservare altre creature come te."

Aria si ritrovò a credergli, pur sapendo che lui, con le sue parole, avrebbe potuto fuorviarla. Quando lui la toccava, quando i suoi occhi si posavano sulla sua pelle e le sue labbra si curvavano in un sorriso di puro piacere, si sentiva apprezzata. Fin dall'inizio, si era preso cura di lei e con lei, assicurandosi che non le fosse fatto alcun male.

"Vyktor!"

Una voce in corridoio chiamò il suo padrone. Vyktor si alzò direttamente e le diede un bacio sulle labbra e un altro sulla fronte. "Riposa un po', cucciola" disse. "Tornerò presto."

"Okay" mormorò Aria. Aveva le palpebre pesanti e si sentiva scivolare in un sogno.

* * *

Aria avrebbe dormito per ore, Vyktor ne era sicuro. Il sesso sembrava lasciarla esausta di frequente. Vyktor sospettava che i maschi umani non avessero affatto la resistenza dei draghi. Era rimasto impressionato dalla sensibilità di Aria all'effetto delle sue parole. Aveva un grande potenziale che doveva ancora essere sfruttato e lui non vedeva l'ora di scoprire le profondità nascoste della cucciola.

"Passi altro tempo con l'umana?" Eldor pose quella domanda in tono beffardo.

"Sì, penso che sarà pronta molto presto per un'altra dimostrazione."

"Abbiamo cose più importanti di cui occuparci, altro che la presentazione della tua umana" scattò Eldor, mentre entravano nell'ufficio di comando che aveva ricavato per se stesso nella roccia. Era un ambiente piuttosto piccolo, con aperture riparate che si affacciavano sull'esterno, dove il terreno era più ampio. Era freddo nel migliore dei casi, ma Eldor sapeva sopportare il freddo molto di più della maggior parte di loro.

"E quali sarebbero queste cose?" Vyktor fece un cenno del capo all'altro drago presente, Eridos. Era un tecnico giovane ma promettente; lui ed Eldor stavano già facendo grandi progressi nella comprensione della manipolazione umana della materia, delle macchine che avevano creato, delle loro armi per la guerra e per la pace.

"Abbiamo sentito delle voci, grazie ad alcuni mezzi d'informazione degli umani. A quanto pare, gli umani inizieranno forse a usare le loro armi più terribili su di noi."

"Si pensava che le avessero già usate" osservò Vyktor. "Che cosa sono?"

"Affermano di possedere un'arma in grado di annientare intere città. Un'arma che distruggerebbe ogni forma di vita, noi inclusi. Abbiamo scoperto un filmato di una di queste detonazioni in un dispositivo che loro chiamano 'tablet'. Eridos l'ha trovato vicino a un insediamento evacuato e ha passato un po' di tempo a svolgere ricerche su quello che loro chiamano 'Internet'. Questi umani sono connessi a livello globale, Vyktor. Possono parlare tra loro anche a un'enorme distanza e condurre conversazioni con migliaia, o addirittura milioni, di partecipanti, contemporaneamente."

"Impressionante" commentò Vyktor, guardando le immagini che iniziavano a comparire sulla superficie di quel sottile dispositivo. Mostravano una grande esplosione, seguita da una nube a forma di fungo che torreggiava sopra un deserto, molto simile a quello in cui si trovava il portale.

"La chiamano distruttrice di pianeti" cantilenò Eldor.

"Non ci credo." Vyktor scosse la testa. "Sono capaci di manipolare qualsiasi elemento visivo. L'abbiamo visto molte volte. I loro film mostrano ogni sorta di atti impossibili."

"Secondo le loro storie, questo era reale" replicò Eldor con gravità. "Hanno minacciato di gettare quest'arma nel portale per usarla nel nostro mondo."

"Sono delle vere seccature, eh?"

Nell'angolo della stanza, Eridos cominciò a ridere.

"Cosa c'è di così divertente?" chiese Eldor in tono secco.

"Hai visto gli effetti dell'arma, ma non hai guardato le specifiche" rise Eridos. "Queste armi comportano esplosioni serie, sì, ma il loro sottoprodotto principale sono..." Emise una risatina atipica per un drago. "...le radiazioni ionizzanti."

I draghi si guardarono l'un l'altro, poi scoppiarono a ridere.

"Quindi il loro piano sarebbe quello di affogare un pesce con l'acqua" ridacchiò Eridos. "Ah, sono quasi adorabili nella loro malvagità. Così determinati e così fuori strada."

"Se potessimo sculacciarli tutti, uno per uno, forse otterremmo qualche effetto" sogghignò Vyktor. "Anche se, per come vanno le cose, ho le mani piuttosto impegnate con la mia cucciola."

"Lei non è così terribile" ammise Eldor. "E devo riconoscere che ci hai aiutati a vedere questi umani per quello che sono. Penso che, una volta che li avremo portati a seguire il padrone, prospereranno sotto la nostra guida. Forse, tra pochi secoli, potrebbero persino raggiungere una forma di vera civiltà."

CAPITOLO OTTO

I giorni diventarono settimane e Aria rimase prigioniera di Vyktor. Quando l'eccitazione iniziale di essere presa e tenuta prigioniera cominciò a svanire, essere posseduta da un drago iniziò a diventare la sua nuova normalità.

Dai voli nei cieli all'essere confinata in una cella, il cambiamento a volte era quasi insopportabile. Aria si ritrovò a fissare le pareti. Il suo desiderio di fuggire era molto forte, ma le mancava la capacità di farlo.

Ovviamente, era colpa di Vyktor. Era lui la causa della sua carcerazione, la ragione per cui veniva tenuta lontana dalla sua libertà, come un animale domestico, ma nonostante ciò, non lo odiava più. Quello che le stava facendo era molto meno crudele di ciò che succedeva alla maggior parte dei prigionieri di guerra. Detestava il fatto che Vyktor avesse avuto ragione sul suo conto, che avesse anticipato le sue reazioni di fronte alla propria forza e ai propri comandi, che sapesse spingerla talvolta a desiderare di obbedirgli.

Era spaventoso, in un certo senso, provare reazioni così potenti con un uomo. Lo considerava un uomo, anche se non lo era affatto. Non le sembravano più strane nemmeno le sue pupille sottili, simili a quelle dei gatti. Aria stava imparando a interpretare le sue espressioni proprio come quelle di chiunque altro.

"Sembri annoiata, cucciola" osservò Vyktor un pomeriggio. "Lascia che ti mostri un trucco divertente."

Aria si sedette sul letto a gambe incrociate e lo guardò in tralice. "Cosa vuoi fare, tirare fuori un coniglio dal sedere?"

"Sei irrispettosa," la rimproverò, "ma no. Vieni."

La condusse fuori, sul fianco della montagna, e mentre lei rabbrividiva, le disse di raccogliere un sasso. Un sasso qualsiasi.

"Parli sul serio?" Le battevano i denti e il suo guinzaglio prezioso tintinnava. "Mi hai portata qui per farmi congelare nella mia nudità e raccogliere sassi?"

"Scegline uno in fretta, cucciola" ordinò. "Poi torneremo a cercare il calore."

Chiedendosi se Vyktor fosse impazzito, Aria raccolse una manciata di ciottoli e un sasso più grande. "Tieni" disse. "Va bene?"

"Perfetto" rispose lui, prendendola in braccio. Il suo calore corporeo forniva un riparo immediato dal freddo, ma lei si sentiva ancora congelare quando tornarono negli alloggi di Vyktor. Il drago soffiò piano sulle sue mani e sui suoi piedi per aiutarla a riscaldarsi. Aria amava quel suo talento: riusciva a trasmettere una sensazione piuttosto interessante alle sue parti basse... e una molto meno piacevole al fondo-schiena.

"Che bel trucco" sorrise.

"Aspetta di vedere questo" disse Vyktor, raccogliendo il sasso più grosso da lei scelto. Tenendolo nel palmo della mano, soffiò piano su di esso, sfregandolo con il pollice e le altre dita, e quel sasso bitorzoluto senza valore si trasformò in una pepita morbida e lucente sotto gli occhi esterrefatti di Aria.

"Santo cielo... è oro?"

"Sì" rispose lui. "Il nostro respiro ci permette di alterare la struttura di determinati materiali... e di imporre la disciplina alle cucciole cattive."

"Sai, sono secoli che le persone cercano di trasformare la pietra in oro, in questo mondo" disse Aria. "Non ci sono mai riuscite."

"I nostri mondi sono molto simili" commentò Vyktor, facendo scivolare tra le sue mani la pepita d'oro, ormai puro. "Penso che alcuni esseri umani più sensibili siano stati in grado di percepirlo, di tanto in tanto, e forse anche di vederlo in sogno. Abbiamo un'affinità non evidente, ma molto profonda e antica."

"Tu credi?" Aria fece rotolare la pepita tra le mani. Poteva solo immaginare il valore di una pepita grossa quasi quanto una palla da tennis. "Potresti far crollare tutta la nostra economia con questo trucco" meditò. "O diventare molto, molto ricco."

"Siamo anche abili a trovare gioielli sepolti nella roccia" disse Vyktor. "Credo che qui ci sia già un piccolo tesoro. Ne ho con me una parte."

Prese una scatola dalla parete, un contenitore di pietra liscia che Aria non aveva notato perché si confondeva bene con il resto.

"È pesante" aggiunse lui, posandolo sul letto. "Aprilo, cucciola."

Con occhi sgranati, Aria sollevò il coperchio e guardò nel contenitore, delle dimensioni di una scatola per le scarpe. Era pieno di diamanti, smeraldi e rubini. Alcuni erano grezzi, ma altri erano già stati tagliati, presumibilmente da draghi con troppo tempo libero a disposizione.

"Oh mio Dio!" boccheggiò. "Questo è..." Si rivolse a Vyktor. "Non devi combattere per conquistare la Terra. Con questo, potresti semplicemente comprarla!"

"Gli umani apprezzano questi gingilli?"

"Gli umani si uccidono a vicenda per averli" rispose lei, immergendo le dita tra i gioielli. Era molto strano ritrovarsi all'improvviso davanti a più ricchezze di quante ne avrebbe mai potute immaginare. "Questo... conta più della vita stessa, per alcune persone."

"Quindi, abbiamo altre cose in comune" meditò Vyktor. "Per cosa li usano gli umani?"

"Li indossano, li mettono in mostra, li vendono..."

"Siete proprio uguali ai draghi" rise Vyktor. "Draghi dalla pelle morbida e senza ali."

"Non li troviamo con facilità. Dobbiamo scavare in enormi quantità di terra" spiegò Aria. "Ci sono persone che passano tutta la vita alla ricerca di una minima parte di questo tesoro."

"Draghi dalla pelle morbida, senza ali... e inefficienti" si corresse Vyktor con un lieve sorriso.

* * *

Amava mostrare alla cucciola le meraviglie del mondo dei draghi. Erano trucchi semplici e davvero elementari, di quelli che si usavano per intrattenere i piccoli di drago, eppure lei reagiva con maggiore entusiasmo.

"Nessuna di loro è bella quanto te" disse, chinandosi per un bacio profondo, facendo scorrere le mani sopra il suo corpo in una gentile adorazione, quasi venerando le sue forme. Lei era così bella per lui, gli piacevano la sua morbidezza e la sua delicatezza. Gli piaceva...

Qualcuno bussò vigorosamente alla porta.

"Vieni!"

La porta si aprì e gli occhi grigio scuro di Eldor sbirciarono dentro. "Ho bisogno di parlare con te, Vyktor. Immediatamente."

Vyktor staccò le mani con riluttanza dalle deliziose curve di Aria.

"Fai la brava" la avvertì, dandole un bacio sul naso. "Tornerò presto."

Lasciò la cucciola seduta sul letto, intenta a far scorrere le mani tra i gioielli con un'espressione rapita, e seguì Eldor. Eldor era raramente di buon umore, soprattutto quando gli veniva ricordato che Aria era ancora alla loro base, ma stavolta era più conciso del solito.

Seguì Eldor in sala riunioni, dov'erano già stati radunati tutti i draghi della base. Le loro espressioni erano emozionate, arrabbiate o stoiche, e nell'aria c'era un'energia carica di aspettativa.

"Che c'è, Eldor?" Vyktor prese in disparte il generale prima di salire sul piedistallo. Stava succedendo qualcosa, e qualunque cosa fosse, non voleva essere preso alla sprovvista davanti ai suoi uomini.

"Lo sapresti, se non passassi così tanto tempo a giocare con la tua cucciola" ringhiò Eldor.

Vyktor socchiuse gli occhi. No, di nuovo. Eldor cominciava a parlare come una donna respinta: troppo spesso tirava in ballo Aria, ogni volta che cercavano di discutere di questioni di importanza militare.

"I tuoi preziosi umani sono entrati nei resti della macchina che ha creato il portale. Li hanno visti lavorare al macchinario sotto il portale e, in base ai documenti recuperati dalla loro stampa, stanno per trovare un modo per chiuderlo."

"È lo stesso obiettivo a cui lavoravano i nostri tecnici."

"Sì, ma se gli umani ci riusciranno per primi, rimarremo intrappolati qui."

"Stai pensando a una ritirata strategica, Eldor?"

"Penso sia un ottimo modo per essere fatti a pezzi. Hanno spostato l'artiglieria pesante intorno al sito del portale e hanno aerei stanziati nelle basi vicine. Una ritirata potrebbe essere la missione più pericolosa da noi intrapresa dopo l'apertura del portale." Eldor scosse la testa. "Avevi ragione sugli umani, Vyktor. Sono molto intelligenti. E si stanno impegnando per correggere il loro errore. Ecco perché la loro aggressività era diminuita nel corso del loro ultimo mese lunare, a parte attacchi occasionali e poco rischiosi. Invece di combatterci, si stanno preparando a tagliarci fuori. Hanno posizionato una trappola proprio sotto il nostro naso e noi non potremo fare altro che volarci dentro."

"Scaltri" notò Vyktor con espressione truce. Eldor probabilmente aveva ragione nella sua ipotesi. Aveva senso che gli umani volessero chiudere il portale per impedire l'arrivo di rinforzi. La militarizzazione della zona serviva probabilmente alla loro protezione, innanzitutto, ma concordò sul fatto che avrebbero potuto aprire il fuoco, di fronte alla possibilità di togliere la vita ai draghi. Le ostilità erano aspre e feroci, e non c'erano regole o convenzioni da cui dipendere.

"Dobbiamo negoziare" disse Vyktor. "È ora di entrare in contatto con il loro capo."

"Il loro re" concordò Eldor. "Con un pubblico."

"Il loro presidente" lo corresse Vyktor. Aria gli era stata utile per chiarire alcune sottigliezze sulle interazioni politiche nel regno degli umani. A lui sembrava una facciata di uguaglianza sotto la quale operavano, più forti che mai, le stesse gerarchie che esistevano nel resto della natura. Aria aveva passato ore a spiegargli le elezioni presidenziali e altre cose simili, e il gran chiasso e lo sfarzo di quell'impresa. Vyktor la riteneva una grande quantità di energia sprecata, ma gli esseri umani di quella particolare zona del pianeta erano molto presi da quelle idee.

"Non hanno un re?"

"Hanno un capo scelto da loro, beh, o almeno sembra che lo scelgano. Ci sono delle discussioni in merito. In ogni caso, è l'uomo che prende la decisione finale."

"È l'uomo che guida i loro eserciti?"

"No. Quello è un altro uomo."

"Il loro capo non guida i loro eserciti?" Eldor scosse la testa. "Saranno anche creature semplici, ma si divertono a creare sistemi complessi." Liberò un sospiro. "Sembra che ti piaccia il contatto con questi umani e potresti riuscire a creare una sorta di legame con loro. Lascerò i negoziati nelle tue mani."

Vyktor guardò Eldor e poi i suoi uomini. Cominciavano a essere logorati. Non solo era una battaglia lunga e difficile, ma veniva combattuta in un ambiente molto alieno e contro un nemico che nessuno di loro comprendeva veramente. Nemmeno Vyktor era sicuro di capire le persone, eppure aveva dedicato quasi ogni minuto di tempo libero a fare proprio questo, dopo l'apertura del portale.

"A quali termini stavi pensando?"

"Se chiudono il portale, ce ne andiamo. Non c'è bisogno di subire altre perdite. Che si tengano il loro piccolo pianeta, con il sole debole e un basso livello di radiazioni, e noi torneremo nel nostro regno. Confesso che non vedo l'ora di rivedere la costa di casa nostra. Questo posto mi fa rabbrividire fino al midollo."

Vyktor vide i sentimenti di Eldor anche sui volti di ogni uomo presente nella stanza. La Terra aveva un debole sole fisico. Era difficile per loro mantenere la forma del volo, e più a lungo stavano lontani dalla patria, più avevano difficoltà. Giravano voci secondo cui, se fossero rimasti troppo a lungo, avrebbero potuto perdere del tutto la capacità di spiccare il volo.

Vyktor salì sul piedistallo per rivolgersi agli uomini. Avevano bisogno di sentire buone notizie. "Avete saputo che gli umani stanno lavorando al portale. Erano le notizie che aspettavamo. Avete anche sentito dire che hanno costruito delle fortificazioni intorno al portale. Prenderò la mia cucciola e andremo dagli umani per vedere se è possibile negoziare la cessazione delle ostilità. Avete combattuto tutti a lungo e con impegno. Portate i segni di questo luogo sulla vostra carne e lo ricorderete per sempre nei vostri cuori. Ma anche se la fine è pericolosa, è comunque la fine. Con il portale chiuso, il nostro regno rimarrà protetto dall'invasione degli umani."

"E se lo riaprissero?"

"Gli esseri umani hanno lanciato significative bombe nucleari dopo la scoperta di ciò che chiamano fissione. Hanno usato due bombe su popolazioni civili. L'orrore che ne è derivato è stato così grande che, in cent'anni, non sono state più utilizzate. L'apertura del portale ha causato sofferenze su una scala altrettanto massiccia. Credo che lo ricorderanno nella loro coscienza collettiva e che eviteranno qualsiasi atto con cui potrebbe ripetersi la stessa cosa.

Ricordate, hanno poco da guadagnare dalla loro apertura dei portali nel nostro regno. Non possono andarci da soli, ma semplicemente invitare forze che terrorizzano i loro animi. Non dobbiamo dimenticare che questa guerra è iniziata per uno stupido incidente, per il loro tentativo di creare un'abbondante fonte di potere con cui vivere. Non hanno mai voluto dare inizio a questa guerra. Perfino adesso, le fortificazioni del portale servono per la loro difesa. Ho già dimostrato che gli umani sono in grado di creare dei legami con noi. È giunto il momento di usare ciò che abbiamo imparato per garantire una vera pace tra i nostri regni."

Gli uomini lo acclamarono, forse non in maniera così entusiasta come avrebbero potuto fare, ma il morale era più alto. Un buon risultato. Vyktor non si sentiva più come dentro un mausoleo. C'era molto da festeggiare... almeno per la maggior parte degli uomini.

Non poteva condividerne l'eccitazione per una ragione molto piccola e molto umana: Aria. Poteva portarla con sé, ma lei non sarebbe sopravvissuta nel suo mondo. Con le radiazioni, si sarebbe ammalata nel giro di pochi mesi, se non settimane. Il suo corpo era troppo tenero per il regno degli alati. Avrebbe dovuto lasciarsela alle spalle dopo la ritirata. Il solo pensiero lo riempì di una sensazione di vuoto in fondo al ventre, ma la scacciò il prima possibile. Aveva del lavoro da fare per i suoi uomini e non poteva portarlo a termine se si deprimeva per la potenziale perdita della sua cucciola, soprattutto perché avrebbe avuto bisogno del suo aiuto per entrare in contatto con la popolazione umana e negoziare una tregua.

CAPITOLO NOVE

*A*ria aspettò con impazienza il ritorno di Vyktor. Era eccitata e lo desiderava. Stava cominciando a temere che lui fosse capace di creare dipendenza. Ogni volta che stava lontana da lui per più di qualche ora, iniziava a sentirsi abbandonata... ed eccitata al punto che non riusciva a soddisfarsi senza di lui.

Il suo cuore mancò un battito quando sentì la porta che si apriva. Si alzò a sedere, desiderosa di riceverlo, ma nel momento in cui vide il suo volto, capì che qualcosa non andava. Sembrava quasi diverso, con i lineamenti contorti dal peso delle emozioni.

"Cosa c'è?" chiese. "Perché sembri così... triste?" Non l'aveva mai visto triste. Era una strana espressione sul suo bel viso.

"Ho buone notizie, cucciola" esordì Vyktor con un sorriso forzato che non raggiunse gli occhi. "La guerra sta per finire. Il tuo popolo ha trovato un sistema per chiudere il portale."

Un grande sorriso si allargò sul volto di Aria. "Ma è fantastico!" Lo abbracciò all'improvviso e lui la circondò con le braccia, stringendola al punto tale che Aria riusciva a malapena a respirare.

"Eldor ordinerà la ritirata, il che significa che, molto presto, me ne andrò."

"Ah."

Aria si abbandonò sul letto.

Adesso capì il motivo della tristezza palpabile che aleggiava intorno a lui. La percepiva lei stessa e infettava la sua gioia.

"E il portale verrà chiuso, quindi non ti rivedrò mai più."

Aria alzò lo sguardo su di lui. "Forse..."

"No." Vyktor scosse la testa. "Non puoi venire là con me, cucciola. Lo vorrei tanto. Vorrei con tutte le mie forze che fosse possibile, ma non riusciresti a sopravvivere nelle nostre terre. Le radiazioni, laggiù, sono molto potenti. Noi draghi possiamo assorbirle nella forma del volo, ma bastano a far ammalare gli umani. Soffriresti molto e moriresti. E io non lo permetterò."

"Quindi..."

"Ti riporterò alla tua base durante la nostra ritirata" la interruppe. "E mi mancherai, cucciola. Mi mancherai ogni giorno della mia vita."

Gli occhi di Aria erano inondati di lacrime. "Ma..." Non c'erano parole per riempire il silenzio, ormai. La situazione avrebbe dovuto essere motivo di gioia. La fine di una delle guerre più terribili che l'umanità fosse mai stata costretta a combattere, un ripristino dell'equilibrio e, forse, un rinnovato rispetto per gli orrori che un progresso scientifico incontrollato avrebbe potuto scatenare... eppure, quel lieto fine le avrebbe straziato il cuore. Lo amava più di quanto avesse mai amato chiunque altro, più di quanto si ritenesse capace. L'aveva davvero addomesticata, a quanto pareva. Aveva domato il suo odio e la sua paura, trasformandoli in amore e compassione. Aveva domato la vena selvaggia di fronte alla quale il fatto di sfrecciare nel cielo, senza alcun riguardo per la sua sicurezza personale, sembrava la cosa giusta da fare. In qualche modo, lui aveva reso significativa la vita che lei era stata così pronta a trascorrere agli ordini di chiunque altro. E adesso, stava per lasciarla.

Le sfuggì un singhiozzo, un profondo suono di pura angoscia. Quando lo guardò negli occhi, vide che anche quelli di lui erano pieni di lacrime.

"Ti odio, cazzo" gemette Aria. "Ti odio, perché hai fatto sì che io ti amassi."

"Mi dispiace, cucciola" rispose Vyktor. "Non l'avevo previsto. Io..." Gli si spezzò la voce per l'emozione. "Mi dispiace" ripeté, attirandola a sé.

"Portami con te e basta" singhiozzò lei. "Non m'importa di morire. Portami laggiù con te."

"No" disse Vyktor, scuotendo la testa. "Assolutamente no. Non rimarrai ferita per causa mia." Le prese il viso tra le mani e la guardò negli occhi. "Promettimi, Aria, di prenderti cura di te stessa quando me ne sarò andato. Troverai un compagno che..."

"No!" gemette Aria. "Non voglio un compagno. Voglio te."

"Avrai l'oro e i gioielli" insistette lui. "Non ti basterebbero diverse vite per spendere tutte quelle ricchezze. Non sentirai a lungo la mia mancanza, cucciola. Tornerai al mondo che conoscevi e ne diventerai la padrona. Posso procurarti abbastanza oro per..."

"No!" gridò Aria. "Non voglio l'oro. Non voglio i diamanti. Voglio te. Perché non capisci?"

Vyktor la osservò. "Preferiresti morire in un ambiente inospitale con me, piuttosto che vivere nella bambagia qui, nel tuo mondo?"

"Sì" piagnucolò lei. "È una cosa stupida, forse. Magari sarò stupida, ma sì. Ti amo. E l'oro non mi interessa."

"Forse... forse possiamo raggiungere una specie di... non so" meditò Vyktor. "Ma al di là di quello che succederà tra me e te, devo stringere un patto con i tuoi capi, negoziare una via d'uscita per i nostri uomini. Non voglio che muoiano. Eldor mi ha accusato per i miei contatti con gli umani e..."

"Ti spareranno" disse semplicemente Aria. "Ti spareranno in faccia."

"Gli umani non prevedono alcuna indennità per i messaggeri dei nemici?"

"A volte, ma non quando sono draghi." Aria scosse la testa. "Non ti permetteranno di arrivare a meno di mille miglia di distanza da loro senza colpirti con un missile."

"Quindi, cosa suggeriresti, cucciola mia?"

"Potresti andarci in forma umana, ma penso che finirebbe male comunque" rispose lei. "A questo punto, qualsiasi cosa che ricordi anche lontanamente i draghi verrà trattata con molta ostilità."

"Allora, non c'è modo di fare la pace."

"C'è un modo" replicò lei. Lo guardò. "Lascia che sia io ad andare. Posso portare un messaggio alla mia unità e, probabilmente, anche avere un'udienza dal presidente in persona. Penso che nessuno sia mai sopravvissuto dopo essere stato catturato dai draghi. Mi ascolteranno. E non mi faranno del male. Beh, lo presumo" aggiunse, un po' meno sicura alla fine della frase.

"No."

"Cosa?! È letteralmente l'unica possibilità!"

Le aveva detto di no ancor prima di coinvolgere il resto della sua mente. Era un no profondo, primitivo, nato dal fatto di non volerla perdere, nemmeno per un attimo.

Aria lo fissava con un'espressione di confusione totale. "Cosa significa no?"

"Significa che non mi piace l'idea di mandarti là, cucciola" rispose il drago. "Non mi piace l'idea che ti stacchi da me, mentre questa guerra infuria ancora. Troveremo un altro modo."

"Non c'è un altro modo" replicò lei. "Non hai le e-mail nel cuore di una montagna. Non puoi organizzare una conferenza stampa."

"No" disse lui in tono piatto.

"Stai diventando irragionevole" commentò Aria, accigliata e scontenta.

Vyktor sapeva di comportarsi in maniera irragionevole, ma il fatto che lei gliel'avesse fatto notare peggiorò la situazione. In tutti i suoi anni di vita, Vyktor non aveva mai amato niente e nessuno come quella donna umana che lo sfidava di continuo, la cui sottomissione era sempre provvisoria e il cui spirito gli trasmetteva un senso di pienezza. Avrebbe preferito strapparsi il cuore e buttarlo giù dalla montagna, piuttosto che mandare Aria in una situazione di pericolo.

"La discussione è terminata."

"Ah, è così?" Le sopracciglia di Aria si sollevarono verso l'attaccatura dei capelli. "Sarai anche un drago, signore, ma non mi dirai mai quando chiudere una discussione."

"Dimentichi il tuo ruolo, cucciola."

"Beh, e tu dimentichi il tuo cervello" scattò lei, infelice. "Dobbiamo farlo, Vyktor. Ci sono persone che muoiono ogni giorno in questa guerra. Anche i draghi. Se noi siamo in grado di porre fine a tutto questo, dovremmo provarci!"

"Ci sono cose che non sai."

"Allora dimmele!"

"No. Basta, cucciola" decretò lui. "Troveremo un altro modo. Non devi preoccupartene tu."

"Col cavolo che non devo preoccuparmene" insistette Aria. "Ho un ruolo in questa guerra e voglio che finisca. Non vuoi nemmeno che io ci provi."

"Esatto" disse Vyktor. "Non voglio. Ora calmati, prima che io ti imbavagli e ti rinchiuda nella tua gabbia."

Aria socchiuse gli occhi, mettendo il broncio. Vyktor era felice che la conversazione fosse finita, anche se aveva fatto diventare di cattivo umore la sua cucciola. La guardò allontanarsi ed entrare nella gabbia.

Preferiva vederla irritata piuttosto che perderla.

CAPITOLO DIECI

*P*er la prima volta da quand'era stata catturata in qualità di cucciola del drago, Aria uscì dalla stanza di Vyktor senza che lui lo sapesse e senza il suo permesso. Dopo aver ignorato il suo malumore per diverse ore, Vyktor si era addormentato in fretta nel letto. Lei ne era sicura. Aveva fatto una prova, muovendo le mani davanti al suo viso, fingendo di toccare i suoi oggetti preziosi e, infine, uscendo di soppiatto.

Fu con molta trepidazione che si avvicinò al generale di nome Eldor. Prima, dovette chiedere a diversi draghi dove si trovava, e nessuno di loro la incoraggiò nella sua missione.

"Non ti conviene andare a cercare Eldor" le disse l'ultimo. "Ha un pessimo carattere e non ha alcuna predilezione per gli umani."

"Ma ho bisogno di parlargli. È importante." Aria cercò di non arrossire vistosamente, sapendo che quell'uomo, come tutti gli altri, l'aveva vista in situazioni molto intime. Incatenata, scopata e...

"È lassù" la informò il drago. "Sii prudente."

Aria salì la tortuosa scalinata indicata dal drago. Conduceva a un freddo ambiente destinato agli uffici, in cui il drago Eldor torreggiava con il suo mantello.

Non la apprezzava, lei lo sapeva, ma si trattava di una discussione necessaria. Più di ogni altra cosa, Aria avrebbe voluto coprirsi con dei vestiti. Si era abituata a stare nuda in presenza di Vyktor, ma quel drago le dava i brividi. La guardava con una fredda rabbia e con una fame di cui non si fidava.

"Ehm, salve?" Si sforzò di sorridere e mosse le dita, come per rabbonirlo.

"Che cosa vuoi, umana? Dov'è il tuo padrone?" esplose lui bruscamente.

"Voglio aiutarvi" rispose Aria, andando dritta al punto. "So che andate in cerca di una tregua. Se mi date un messaggio, lo trasmetterò alla mia unità. Ho solo bisogno che mi portiate in una zona vagamente civilizzata della California. Da lì in poi, ci penserò io."

"Vuoi aiutarci?" Eldor inclinò la testa di lato, sospettoso e con gli occhi scuri socchiusi. "Perché?"

"Voglio porre fine alla guerra" gli rispose, "e aiutare voi significa cercare di raggiungere questo obiettivo."

"E vuoi anche sottrarti alle grinfie del tuo padrone, scommetto. Quali garanzie ho che farai come dici? Se io ti liberassi, niente ti impedirebbe di fuggire senza consegnare il messaggio."

"Non voglio scappare" replicò Aria, sentendosi stranamente in imbarazzo davanti a quel vecchio drago e al suo sguardo penetrante. "Voglio aiutarvi a concludere la guerra."

"Anche se significherà perdere il tuo padrone."

"Ero una pilota" affermò lei. "So cosa significa il sacrificio. Rischiavo la vita ogni giorno sul mio aereo. Io sono fatta così e basta. E poi, posso sempre tornare, no?"

Eldor soffiò con il naso. Non le credeva. Le parlava come un gatto avrebbe potuto rivolgersi a un cane parlante, con disprezzo ma anche con un inevitabile interesse.

"Non mi fido di te, umana, ma a quanto pare, non ho altra scelta se non fidarmi" disse lui. "Presumo che il tuo padrone non sappia che sei venuta a parlare con me."

"Mi ha detto che non voleva prendere in considerazione il mio piano" rispose Aria. "Ma è l'unica soluzione possibile. Dovete mandare me. E dovete sbrigarvi." Percepì gli occhi che le bruciavano per le lacrime, mentre si sforzava di mostrarsi stoica e coraggiosa. Non voleva lasciare Vyktor e non sopportava il fatto di andarsene in quel modo, senza neanche un addio.

"Torna nelle stanze del tuo padrone" disse Eldor. "Lo convocherò, dicendogli che c'è una questione che richiede la sua attenzione con urgenza, poi verrai portata dai tuoi capi. Non dirgli nulla. Non prenderà bene questa idea."

"Ah, lo so" disse Aria. "Lo so."

* * *

Tornò di soppiatto nella stanza dove Vyktor stava ancora dormendo. Lo osservò a lungo, chiedendosi se sarebbe davvero riuscita nel suo intento. Gli sarebbe mancato, e molto, e lui sarebbe andato su tutte le furie. Fece un respiro profondo, quasi perdendo la determinazione. Prima che succedesse, si chinò per svegliarlo con un bacio sulla sua guancia dura e maschile.

"Ciao, cucciola" le sorrise, aprendo gli occhi. "Sei tornata di buonumore?"

"Sì" rispose Aria, sdraiandosi accanto a lui per appoggiare la testa sul suo petto. Avrebbe percepito il suo corpo sotto il proprio per l'ultima volta, così come il conforto e la sicurezza del suo calore. Dio. Aveva già le lacrime agli occhi. Come avrebbe portato avanti il piano? Come avrebbe...

"Vyktor!" Eldor entrò nella stanza senza bussare. "Ci sono dei disordini sulla parete nord della montagna. Prendi un'unità e vai a controllare!"

"Certo" rispose Vyktor, passando subito all'azione. "Pensi che gli umani abbiano scoperto la nostra base?"

"Può darsi" mentì Eldor. Aria rimase colpita dalla facilità con cui riusciva a farlo. La sua lingua pronunciava falsità allo stesso modo della verità. Provò un brivido lungo la schiena nel vederlo tradire Vyktor con successo, ma era per una buona causa. Serviva per porre fine alla guerra.

"A presto, cucciola" disse Vyktor, dandole un bacio sulla testa.

"Sì" rispose lei, scacciando le lacrime che minacciavano di mandare a monte tutto. "Ciao."

CAPITOLO UNDICI

La missione di Vyktor si era rivelata un falso allarme. Sulla montagna non c'era altro che un piccolo gregge di capre. Durante il volo, comunque, Vyktor ebbe la possibilità di pensare alle spiegazioni da dare a Eldor. Tornato alla tana dei draghi, andò direttamente nella biblioteca che avevano riempito, trovò il libro che aveva catturato la sua attenzione durante i primi giorni dell'invasione e cercò Eldor.

"Vyktor" disse Eldor in un tono carico di... qualcosa. Era trepidazione? "Di cos'hai bisogno?"

"Questo libro degli umani" rispose, consegnandolo a Eldor. "L'ho trovato tra le macerie di uno dei loro edifici, dopo il nostro arrivo. È stato questo libro, in parte, a suggerirmi di prendere un'umana per fare di lei la mia cucciola."

Eldor si rigirò tra le dita il libro sottile e ne lesse il titolo. "*Il piccolo principe*? Cosa significa?"

"C'è una volpe parlante in questo libro" spiegò Vyktor. "Una volpe parlante che viene addestrata da un ragazzo affinché diventi la sua compagna, il suo animale domestico. Questa volpe parlante dice al principe: 'Diventi responsabile per sempre di ciò che hai addomesticato'. Io sono responsabile di Aria. L'ho addomesticata. L'ho resa mia. E devo andare fino in fondo. Non la lascerò qui, da sola, quando arriverà il momento della ritirata. Resterò con lei e vedrò cosa potrà offrirmi questo mondo."

L'espressione di Eldor divenne arcigna. "Stai usando un libro per i giovani umani per dirmi che intendi ignorare l'ordine di ritirata?"

"Sto dicendo che qualcuno dovrebbe rimanere qui per tenerli d'occhio. Qualcuno dovrebbe vegliare su questo mondo, assicurarsi che non aprano un altro portale e, in tal caso, essere qui per cercare di fermarli, o fare da mediatore."

"E sarai tu quest'uomo, vero? A causa di un'umana che chiami cucciola." Eldor scosse la testa. "Hai la mente ottenebrata, Vyktor. Il tuo giudizio non è quello che potrebbe essere. È stato un errore affezionarsi a quella donna. Dovrebbe essere liberata e tu dovresti tornare nel nostro regno."

"Non voglio farlo."

"Allora cosa farai? Vivrai qui, su questo freddo pianeta, per il resto dei tuoi giorni? Giocherai con la tua cucciola? Quando ce ne saremo andati, ti daranno la caccia. Daranno la colpa a te per tutto il dolore che hanno causato con i loro stupidi comportamenti. Ti perseguiteranno, Vyktor. Non mi sorprenderebbe se ti uccidessero."

"Non è facile uccidermi" sorrise Vyktor. "Non ho paura degli umani."

"Dovresti" ringhiò Eldor. "Sono piccoli, sono morbidi, ma possiedono uno spirito come nessun'altra creatura, e la loro sete di vendetta e violenza è senza pari."

"Ma sanno anche essere gentili e premurosi" replicò Vyktor. "Inoltre, sono sicuro di poter imparare a stare in mezzo a loro. Quello che so è che Aria non potrebbe mai sopravvivere nel nostro regno. Io, invece, posso vivere qui. Potrei vivere bene qui, Eldor."

"Non ti darò il mio permesso per questa missione suicida."

"Non ho bisogno del tuo permesso" rispose Vyktor senza mezzi termini. "Io seguo gli ordini che voglio. Non sono un tuo vassallo, Eldor. E vivendo qui, non dovrò fedeltà a nessuno."

"Se rimarrai, non ti rivedremo mai più" dichiarò Eldor. "Il tuo nome sarà scritto sul muro di coloro che erano."

"Così sia."

Vyktor era risoluto. Quando i draghi avessero imboccato la via di casa per andare a riposare, lui non sarebbe stato tra le loro fila. Voleva rimanere sulla superficie terrestre con la sua cucciola e avrebbe iniziato una nuova vita tra gli umani.

"Per fortuna, non penso che sia un problema" disse Eldor con un sorriso freddo.

"Cosa intendi dire?"

"Aria non è più tra noi."

Vyktor si fece avanti, costringendo Eldor a muovere diversi passi indietro. "Cosa le hai fatto?"

"L'ho mandata dagli umani. È venuta da me e mi ha spiegato che rifiutavi il piano più sicuro, in cui lei avrebbe dovuto avvicinarsi alla sua gente con le condizioni della nostra ritirata. Direi che mi hai deluso." Eldor gli lanciò un'occhiata derisoria. "Ma lo sai già. Da quando hai preso quella donna, la tua capacità di giudizio ha iniziato a perdere i colpi. Per fortuna, lei sembra sapere qual è l'opzione migliore, anche quando tu non lo sai."

Vyktor ricacciò indietro la rabbia. Non c'era tempo da perdere per picchiare Eldor e ridurlo in fin di vita, nonostante il desiderio di farlo. Doveva trovare Aria. "Vado a cercarla. Ha bisogno di protezione."

"Non ha bisogno di protezione" replicò Eldor. "Sei tu a desiderare che le serva. Era una delle poche persone che ha imparato a volare quasi bene quanto noi senza le ali. Ha superato il terrore umano dell'altezza e, secondo te, ha bisogno che tu le tenga la mano mentre consegna un messaggio?"

Vyktor non aveva niente da obiettare. Era proprio come durante la discussione con Aria, tranne che, nel suo caso, poteva minacciarla di rinchiuderla nella gabbia. Quella minaccia non avrebbe funzionato con Eldor e, dedusse, non aveva funzionato nemmeno con Aria. Vyktor cominciava a non sopportare più il fatto di avere torto.

"Come farà a tornare?"

"Per lei, è impossibile" rispose Eldor. "Non ha motivo di farlo."

"Cosa?!" Il grido di rabbia di Vyktor fu così forte e potente che la montagna intorno a loro tremò.

"È servita al suo scopo" proseguì Eldor con freddezza. Nei suoi occhi divampava un fuoco gelido. "Abbiamo imparato ciò di cui avevamo bisogno, e lei ha trasmesso il nostro messaggio agli umani. Se accetteranno le nostre condizioni, sposteranno le loro macchine da guerra lontano dal portale e usciremo entro ventiquattr'ore."

"Dov'è?"

"L'ho portata via dalle montagne, in una città vicina. Era in gran parte deserta, ma lei mi ha detto che, da lì in poi, se la sarebbe cavata da sola. Molto inventiva, la tua cucciola. Si è rivestita in pochi minuti, indossando abiti che gli umani avevano lasciato appesi fuori, per motivi noti soltanto a loro, poi ha preso una di quelle macchine senza ali che percorrono le strade con cui gli umani hanno rovinato la campagna."

Il pugno di Vyktor colpì il tavolo, sbriciolando la roccia sotto la sua furia. Fumante di rabbia e con i denti scoperti, avanzò verso Eldor.

"Come osi prendere ciò che era mio e usarlo per i tuoi scopi?"

"L'ho usata per i nostri scopi" ringhiò Eldor, senza spostarsi di un centimetro. "Lo voleva lei. L'unica persona infelice in questa situazione sei tu, Vyktor, e non mi piacciono le tue ragioni. Dovevi comunque liberarla prima di tornare a casa. Al massimo, hai perso un paio di giorni in sua compagnia. Ti ho risparmiato un addio caotico. Dovresti ringraziarmi."

La rabbia di Vyktor era così intensa che fu costretto a girarsi e andarsene. Non era sicuro di riuscire a trattenersi, rimanendo ancora un po' in presenza di Eldor. Attraversò come una furia i passaggi della loro tana temporanea e uscì su uno dei balconi. Mise piede sull'orlo del precipizio, pronto ad assumere la forma di drago e andare in cerca di Aria, ma mentre guardava il paesaggio umano che si estendeva verso gli orizzonti lontani, si rese conto dell'entità del suo compito. Per trovarla, aveva bisogno di sapere dov'era andata. Sospettava che Eldor non gliel'avrebbe rivelato e, anche in tal caso, poteva essere una bugia. Probabilmente, Aria era ormai nel territorio degli umani e fuori dalla sua portata.

Pieno di una tristezza che minacciava di consumarlo e di una rabbia che non poteva essere soddisfatta, Vyktor tornò nei suoi alloggi. Non piangeva da quand'era piccolo. Anche se rimaneva gravemente ferito, teneva sotto controllo le sue reazioni emotive, ma quando, una volta entrato nella sua stanza, vide il collare di Aria sul letto, singhiozzò.

Eldor gliel'aveva tolto e lei l'aveva lasciato lì, affinché Vyktor lo trovasse. Era stata contenta di fuggire? Era felice adesso? Vyktor fece un respiro profondo per scacciare le lacrime e si sdraiò sul letto. Mentre posava la testa, un frammento di carta fece capolino da sotto il cuscino e fluttuò nell'aria. Lo afferrò prima che cadesse per terra. Forse, era un biglietto da parte di Aria, un biglietto d'addio.

Aprì il foglietto ripiegato e vide che non era un addio. Non c'era scritta nemmeno una parola, solo una serie di numeri, annotati dall'inconfondibile mano di Aria.

Impiegò un momento a capire di cosa si trattava, poi ebbe un'illuminazione. Coordinate. Una data e un'ora. La sua cucciola gli aveva lasciato delle indicazioni sul luogo in cui trovarla e mancavano solo tre giorni. Il drago si sentì sollevato e un sorriso si allargò sul suo volto.

Il suo dolore era dovuto in gran parte all'idea che Aria non volesse essere legata a lui, e quel piccolo pezzo di carta era più eloquente di mille parole. Gli suggeriva che Aria voleva essere trovata, che il loro legame non si limitava a quello tra rapitore e prigioniera.

Sorrise tra sé e sé. Il suo umore si risollevò da quel luogo oscuro in cui languiva fin dalla scoperta dell'assenza di Aria e da quando aveva pensato sul serio di tagliare la gola a Eldor per averla liberata.

CAPITOLO DODICI

ria era seduta ad aspettare su una roccia in mezzo al deserto. Era passata una settimana da quando aveva abbandonato la tana dei draghi, quattro giorni in più del previsto, ma il ritardo non poteva essere evitato. Dopo aver trasmesso il messaggio dei draghi, era stata interrogata con attenzione sulla natura del suo rapporto con loro e perseguitata dalle indagini.

Vyktor le mancava come se fosse stato un arto. Le sembrava sbagliato non averlo al suo fianco. Era così strano ritrovarsi di nuovo sola al mondo. Il sollievo che aveva previsto per il fatto di ritrovarsi tra persone vere e di essere tornata nell'esercito non era grande quanto il senso di perdita. Durante gli interrogatori, non si erano preoccupati per il suo benessere, ma per i draghi. Aveva senso, ovviamente; perché preoccuparsi per lei, quando bisognava pensare all'invasione dei draghi?

Ma a Vyktor importava. O almeno, lei ci sperava. Sarebbe venuto in quel posto? Aveva davvero trovato il bigliettino?

Sapeva di dover aspettare? Aria lo ignorava. Tutto quello che poteva fare era rimanere seduta ad attendere, nella speranza che i militari non venissero a cercarla prima di Vyktor. Avrebbe dovuto consultarsi con loro e basta, anche se 'consultarsi' significava in realtà 'essere torchiata fino all'ultima informazione potenzialmente rilevante'.

La notte stava calando e la temperatura iniziò ad abbassarsi. Aria si strinse le ginocchia con le braccia, guardò le stelle ed espresse un desiderio...

Dopo meno di un secondo, due arti scesero su di lei, avvolgendola in uno stretto abbraccio, e una voce rauca le ringhiò nell'orecchio: "Cucciola cattiva."

Aria strillò di gioia e si girò per baciare Vyktor con tutta la passione che aveva in corpo.

"Mi hai teso un agguato!"

"Dovevo essere discreto, cucciola." Vyktor le sorrise. "Non posso certo attivare i numerosi sistemi di rilevamento del tuo governo, giusto? Potrebbero sguinzagliarmi dietro un altro pilota maleducato... e ho solo due braccia da usare con te."

"Non sei arrabbiato con me, vero?" Aria lo guardò da sotto le ciglia.

"Cucciola, ti sei cacciata in un mare di guai, tanti che non lo sai nemmeno" rispose lui nel tono più affettuoso possibile.

"Ma ho fatto un... è stata una buona cosa! Hanno ricevuto il messaggio e nessuno si è fatto male!" Aria iniziò ad agitarsi tra le sue braccia, ma ovviamente non servì a nulla. Il drago la teneva stretta e immobile... e le piaceva. Nei giorni antecedenti al loro incontro, lei l'aveva spesso sognato a occhi aperti. Non solo le sue amorevoli cure, ma anche questo lato di lui, l'inflessibile sostenitore della disciplina.

"Hai fatto esattamente quello che ti avevo detto di non fare" replicò Vyktor. "Mi hai disobbedito, correndo il pericolo più grande."

"Ma ti ho anche detto dove trovarmi! Non conta questo?"

"Conta molto, cucciola" rispose lui, sedendosi sulla roccia lasciata vacante da lei e posizionandola sul suo ginocchio.

"Vyktor! Ehi! No!" si lamentò Aria quando il drago iniziò a sculacciarla sopra i jeans, non con l'energia di cui era capace, ma abbastanza forte da causarle dolore al sedere. "Ehi! Non è giusto!"

"È più che giusto" la informò. "E sai che questa è solo una parte di ciò che meriteresti. Dovrei tenerti in catene e colpirti sul sedere. Questo non è niente in confronto a quello che ti sei guadagnata con la tua pericolosa disobbedienza."

"Vyktor!" Aria strillò il suo nome invece di discutere.

"Mi hai disobbedito" ringhiò il drago. "E hai corso un rischio."

"Sì!" sbottò Aria, girata di profilo. "E lo farei di nuovo. Non mi hai sentito? Abbiamo raggiunto una tregua!"

"Non m'interessa se ci siamo impossessati di questo pianeta e di tutti i suoi abitanti" ringhiò Vyktor. "Mi obbedirai, cucciola."

"Mi dispiace" squittì Aria. "So che eri spaventato, ma volevo solo aiutare. E l'ho fatto. Hanno già iniziato a ritirarsi dal portale. Potrete partire presto!"

"Io non vado da nessuna parte, cucciola" ribadì Vyktor, colpendo ancora di più il suo sedere. "Come posso lasciarti qui, in questo regno, sapendo in quanti guai ti caccerai? No. Ti riporterò indietro e ti rimetterò nella tua gabbia, cucciola."

"Non devi rinchiudermi in una gabbia" replicò lei. "Sono tornata, giusto? Beh, almeno ti ho detto dove trovarmi, comunque."

"Vero" ammise Vyktor, con una grande mano appoggiata sul suo sedere, "ma mi piace che tu sia in gabbia, cucciola. Mi piace che tu sia in gabbia, nuda e bagnata di desiderio."

Fece scorrere la punta delle dita al centro della sua apertura e sentì i suoi jeans lacerarsi nel punto in cui aveva applicato quel tocco di drago con cui era così abile. Con un unico movimento fluido, la tenne vestita ma lasciò esposto il suo pube all'aria fresca del deserto.

"Vyktor" gemette piano Aria, quando lui iniziò ad accarezzarla lì. Il suo dito era caldo sui contorni della sua vagina. "Mi sei mancato."

"Anche tu mi sei mancata, cucciola" mormorò lui. "Mi sei mancata tanto."

La spostò dal suo grembo e si sdraiò supino sulla sabbia del deserto roccioso. Il suo pene era duro ed eretto mentre la invitava a scendere verso il basso.

"Mostrami quanto ti sono mancato, cucciola" ordinò con dolcezza.

Aria sapeva esattamente cosa voleva. Si inginocchiò tra le sue cosce divaricate e si avvicinò con la bocca al suo sesso. Gli erano mancati quell'asta rigida e il suo sapore. Sentì l'aria fresca a contatto con le parti intime mentre iniziava a succhiarlo, compensando la sua disobbedienza con l'impaziente uso delle labbra e della lingua.

Un tempo, l'avrebbe considerato un atto umiliante, invece era un piacere sentirlo gemere, vederlo inarcare il bacino più in alto, sentire il suo sesso iniziare a spargere il seme di drago sulla sua lingua. Era un briciolo di potere, che lei si godeva con una certa perversione. Aria fece scorrere la lingua intorno alla punta della sua erezione, guardandolo con un sorriso malizioso.

"Non mettermi alla prova, cucciola" la avvisò Vyktor. "E non stuzzicarmi, altrimenti scoperò la tua vagina come merita."

Il miele di Aria fluì ancora più denso dopo quella minaccia. "Ah sì?"

Senza aggiungere altro, Vyktor si chinò per sollevarla e metterla a cavalcioni su di sé, poi affondò il sesso nella sua vagina stretta e umida, impalandola con rapidità.

Con le grandi mani sui suoi jeans, all'altezza del sedere, iniziò a scoparla con energia, tenendola ferma su di lui mentre razziava le sue parti intime. Aria squittì a contatto con le sue labbra e lui la zittì con un bacio, allontanando poi una mano dal suo sedere per afferrarla per i capelli e tenerla immobile mentre assaliva la sua vagina e la sua bocca con uguale fervore.

Aria ne aveva bisogno quanto lui. Aveva bisogno di essere rivendicata, di ricordare a chi apparteneva. Quei pochi giorni di libertà l'avevano privata della supremazia del drago, che le era mancata più di quanto non fosse disposta ad ammettere. Vyktor la scopò come se stesse cercando di marchiarla per sempre: la sua erezione martellava dentro e fuori a un ritmo quasi furioso.

Dimenandosi tra i gemiti, Aria incassò ogni spinta, sapendo che se lo meritava e che ne aveva bisogno. Vyktor continuò a scoparla, un orgasmo dopo l'altro. Il suo clitoride sfregava contro le squame dure alla base del suo sesso, mentre la possedeva in maniera esauriente.

"Vyktor!" boccheggiò Aria, intanto che il suo morbido corpo veniva scosso dal terzo orgasmo. "Non posso sopportare oltre..."

I jeans di Aria erano ricoperti di polvere rossa del deserto all'altezza delle ginocchia e lo strappo nel tessuto si era allargato al punto tale che, in sostanza, indossava i jeans ma le mutandine erano a brandelli. Le sue parti intime, bagnate e rigonfie per l'amplesso, strinsero la sua erezione mentre le spinte di Vyktor rallentavano.

"Abbiamo una vita intera per questo, cucciola" le promise Vyktor, uscendo con clemenza dal suo corpo e lasciando così le sue grandi labbra rigonfie separate e bagnate del suo miele. "La mia brama di te non svanirà mai, ma devo tenere a mente che sei morbida, mia piccola umana." La baciò con affetto. "Sei pronta a tornare alla tana?"

"Sono pronta a qualsiasi cosa" gli promise Aria mentre si alzavano, scuotendosi di dosso la polvere e la sporcizia da varie fessure.

Vyktor fece qualche passo indietro e, davanti ai suoi occhi sbalorditi, assunse la forma di drago. Accadde in un modo troppo rapido per poterlo seguire con lo sguardo: la sua forma umana diventò più grossa, trasformandosi in una bestia in un batter d'occhio. L'enorme drago protese gli artigli verso di lei e Aria si lasciò stringere ben volentieri.

CAPITOLO TREDICI

*E*ra giunta l'ora della ritirata. Vyktor e Aria si trovavano vicino al posatoio in cima al mondo e osservavano i draghi chiamarsi a vicenda con le vibrazioni dei loro profondi versi tonanti. Uno a uno, uscirono in fila dalle grotte, assunsero la forma di drago e spiccarono il volo. Lo stesso processo fu ripetuto sugli altri posatoi, dove varie colonne si facevano strada verso il portale.

"Non è troppo tardi per andare, Vyktor." Aria mormorò quelle parole mentre, insieme, osservavano la partenza degli altri membri della sua razza. Il collare era ricomparso intorno al suo collo e Aria si sentiva sollevata: senza, le sembrava di essere piuttosto nuda.

"Non ti lascerò" le promise Vyktor, cingendola con un braccio per attirarla a sé. Osservava la sua gente che se ne andava, aggrappato a lei, e ad Aria si spezzò il cuore. Nel giro di poco tempo, sarebbe stato l'ultimo membro della sua specie sulla Terra. Non avrebbe mai più rivisto casa sua. E stava facendo tutto questo affinché lei non stesse senza di lui.

"Dovresti andare!" Si rivolse a Vyktor. "Non rinunciare a tutto per me. Non rimanere qui."

"Aria" replicò il drago, guardandola con quei bellissimi occhi dorati, "non ti lascerò. Per me, sei più importante del mondo che mi sono lasciato alle spalle. Ci ho vissuto per tutta la vita, ma ho passato solo pochi mesi con te. Non c'è niente, in questo mondo o nell'altro, che io desideri di più che passare del tempo con te."

Le loro bocche si unirono in un bacio appassionato. Lei lo amava tanto, al punto che non riusciva nemmeno a descriverlo, più di quanto pensasse di poter amare chiunque altro.

Alle loro spalle, un improvviso lampo di luce esplose nel cielo. Dopo qualche secondo, un basso rombo crebbe di intensità, fino a diventare un boato che minacciava di assordare Aria. Poi si sollevò il vento, così forte da non riuscire a resistere, e sarebbe stata spazzata via dal fianco della montagna se non fosse stato per le braccia di Vyktor, avvolte intorno a lei, che la trascinarono nei tunnel tortuosi della base dei draghi.

"Che cazzo era?"

"La chiusura del portale, altrimenti qualcosa è andato proprio storto" ipotizzò Vyktor.

In ogni caso, c'era qualcosa che non andava. Erano a più di mille miglia dal portale. Quella detonazione doveva essere stata distruttiva per qualsiasi cosa nei paraggi.

"Sembrava quasi... un'esplosione nucleare" disse, sperando di sbagliarsi.

"Se hanno fatto esplodere una delle loro armi nucleari, hanno commesso il peggior errore possibile. Avranno sovraccaricato ogni drago nel raggio dell'esplosione... e ucciso tutti i loro simili."

Aria avrebbe voluto dire che non si sarebbero spinti fino a quel punto, ma non ne era sicura. Tante cose strane e impossibili erano già successe durante quella guerra. Ma la vittoria era a portata di mano, perché qualcuno doveva agire con aggressività proprio adesso?

Vyktor la portò nel cuore stesso della tana, una stanza nelle profondità della roccia, dove nemmeno un colpo diretto avrebbe potuto nuocere loro. I draghi avevano prestato molta attenzione alla portata delle armi durante la loro breve permanenza sulla Terra, in base alla quale avevano regolato i propri progetti sotto molti aspetti. Aria sentì gli occhi riempirsi di lacrime mentre si rifugiava tra le braccia di Vyktor, che spinse entrambi per terra.

Rimasero seduti insieme in quel luogo buio, illuminato solo da una torcia.

"Cosa facciamo?"

"Aspettiamo" rispose lui, tetro. "Se era la chiusura del portale, forse non c'è nulla di cui preoccuparsi..."

Si guardarono l'un l'altra: nessuno dei due aveva creduto, nemmeno per un secondo, che andasse tutto bene. Cominciarono a nutrire un senso di presagio, un ineluttabile disagio che spinse Aria a nascondere il viso contro il petto di Vyktor e a sperare invano che si sbagliassero.

"E se il portale fosse esploso, invece di richiudersi?"

"Non so" mormorò lui, tenendola stretta. "Chi vivrà vedrà, cucciola."

Rimasero seduti in quella posizione per quella che sembrò un'ora intera. Aria rimase contro il petto di Vyktor, pregando che tutto andasse per il meglio.

Vyktor alzò la testa all'improvviso. "Qualcosa è arrivato. Rimani qui."

"Vyktor!" lo chiamò Aria, quando si alzò per lasciarla sola, ma lui si limitò a ripetere l'ordine.

Aria dovette compiere uno sforzo sovrumano per obbedirgli. Avrebbe voluto correre da lui e affrontare qualsiasi problema, ma se il loro sospetto di un'esplosione radioattiva fosse stato corretto, sarebbe morta. Doveva rimanere seduta lì, anche se ogni parte del suo addestramento militare le diceva di andare incontro al pericolo. Dovette aspettare, nella speranza che qualsiasi cosa Vyktor avesse percepito non fosse un pericolo.

"Aria!"

La chiamò con il suo vero nome. Succedeva così di rado che si accese in lei l'istinto di agire immediatamente. Si alzò da terra e corse nei corridoi tortuosi, verso il suono della sua voce. Si incontrarono a metà strada. Vyktor aveva il corpo di un altro drago tra le braccia, così malmesso che, all'inizio, non lo riconobbe.

"Cos'è successo?"

"Non saprei. Eldor è riuscito a stento a tornare qui" ringhiò Vyktor con rabbia. "Le sue ali erano ridotte a pezzi."

Aria riuscì a vedere i danni residui nella forma umana di Eldor. Era pieno di lividi, sangue e fratture che Aria non aveva mai visto in un drago. Non le era mai importato granché di Eldor, ma vederlo in quello stato accese in lei una scintilla di rabbia protettiva.

"Che cavolo? Perché hanno fatto questo?"

"Portiamolo a letto" disse Vyktor. "Si rigenererà nelle prossime ore, ma proverà dolore e non sarà piacevole da guardare. Controlla le riserve delle erbe di drago e portami tutto quello che trovi. Sospetto che ci saranno parecchi feriti."

Se prima Aria era stata restia a obbedirgli, adesso era motivata a eseguire i suoi ordini quanto lui a darli. I draghi non erano stati sempre gentili con lei, però Aria non voleva vederli soffrire come Eldor in quel momento. Obbedì a Vyktor di corsa e raccolse tutte le provviste che poteva trasportare. In breve tempo, tornò con le braccia cariche di rami profumati, foglie e polveri che i draghi avevano portato con sé dal loro mondo. Era tutto contenuto in sacchetti di velluto scuro, chiusi con lacci dorati.

Vyktor imbavagliò Eldor, sia per attutire le sue grida che per impedire al drago di rovinarsi i denti mentre li digrignava.

Aria sentì calde lacrime di frustrazione mentre, con un senso di impotenza, guardava il drago soffrire. Vyktor prese i sacchetti e ne svuotò molti in una fiaschetta d'acqua, che portò al punto di ebollizione semplicemente tenendo un dito immerso nell'acqua e concentrandosi per alcuni istanti.

Guardando Vyktor, Aria ricordò quanto fossero potenti i draghi. Avrebbero potuto fare più danni di quelli che avevano inflitto. All'inizio, Vyktor le aveva detto che, se non avessero trovato un modo per porre fine alla guerra in maniera pacifica, avrebbero trasformato il mondo in un guscio carbonizzato. All'epoca, lei aveva pensato che stesse esagerando per fare colpo, ma non ne era più tanto sicura.

Vyktor tuffò le erbe e mescolò le polveri, muovendosi con una concentrazione per la quale Aria nutriva molto rispetto. Molti uomini ebbero un crollo vedendo i compagni feriti, lasciandosi prendere dall'emozione o ritirandosi in uno stato confusionale dovuto al trauma. Vyktor lavorò con una calma che lei trovò quasi spaventosa, sapendo cosa sarebbe sicuramente successo dopo. Qualcuno avrebbe pagato per questo.

"Tienigli la testa sollevata per me" disse Vyktor. "Ha bisogno di bere."

In piedi alle spalle di Eldor, Aria gli tenne la testa sollevata tra le mani. La sua pelle scottava e Aria sentiva su se stessa le macchie del suo sangue. Dio. Cos'avevano fatto? Vyktor tolse il bavaglio al ferito e, prima che Eldor potesse urlare, afferrò la sua mandibola, tenendola aperta per versare la miscela nella sua gola.

"Tienilo!" gridò Vyktor, quando Eldor cominciò a dibattersi. Aria si sforzò di non lasciarsi scagliare da una parte all'altra della stanza, dato che il drago si contorceva per l'agonia.

"Ha peggiorato le cose!"

Vyktor guardò la sagoma di Eldor che si dibatteva e incrociò lo sguardo di Aria. "Deve peggiorare per poter migliorare."

Quelle parole le rimasero impresse. Nell'ora successiva, atterrarono altri tre draghi, tutti con qualche ferita. Aria e Vyktor li assistettero con le erbe, ascoltando le loro grida tormentate mentre facevano effetto. Lei non avrebbe mai dimenticato i versi dei draghi che soffrivano. Erano così riluttanti a mostrare qualsiasi segno di disagio. Vedere uno di quei bestioni mugolare come un pargolo era più di quanto riuscisse a sopportare. Svolse il suo lavoro con le lacrime agli occhi, ricacciandole indietro mentre cercava di essere coraggiosa per i feriti.

Nel giro di un paio d'ore, i draghi cominciarono a calmarsi. Eldor fu il primo a recuperare le forze abbastanza da riuscire a parlare. Anche se sembrava ancora debole, le sue ferite apparivano meno gravi di prima. Quei draghi avevano un'incredibile resilienza e un'impareggiabile capacità di autoguarigione. Forse, aveva a che fare con la loro capacità di mutare forma, anche se, ovviamente, non poteva accadere senza dolore.

"Cos'è successo, Eldor?" Vyktor pose quella domanda con tatto, anche se il suo volto era una maschera di gelida rabbia. Aria percepì quella stessa rabbia ardere dentro di lei. "Che diavolo è successo? Doveva essere una ritirata."

"Ci stavano aspettando" rispose Eldor, gli occhi scuri umidi per quelle che, forse, erano state lacrime. "Eravamo sul punto di lasciare questo regno infernale, quando hanno chiuso il portale. Non più di una dozzina di draghi è riuscita a fuggire. Poi hanno scatenato un fuoco del diavolo su di noi. Una grande esplosione ha riempito il cielo e ci ha scossi fino al midollo. La terra dove prima sorgeva il portale è sparita. Adesso, c'è un cratere nel terreno. È una tomba per i nostri uomini. Pochi di noi sono rimasti in vita dopo i loro missili, le loro esplosioni e..." Fece un debole respiro. "Non so quanti siano sopravvissuti, ma so che questo posto non rimarrà sicuro a lungo. Hanno mandato dei jet in cielo, prima di aprire il fuoco. Stavano a distanza e noi credevamo che servissero a proteggere gli umani, ma una volta chiuso il portale, sono arrivati come uno sciame di mosche. Siamo stati traditi." Fece un sospiro rauco e pesante. "La tua cucciola ci ha mandati a morire."

"Cosa?! No! Io ho solo consegnato il messaggio!" esclamò Aria, pallida per lo shock di essere stata accusata di quel tradimento mortale. "Non facevo parte di un piano. Non sapevo che avrebbero fatto questo. Non lo sapevo!"

"Se ci avesse traditi, sarebbe stata un'idea suicida per lei tornare da noi" sottolineò Vyktor. "Sei ferito e arrabbiato, Eldor. Ma non è colpa di Aria."

Eldor le lanciò un'occhiata che penetrò fino in fondo alla sua anima e la fece sentire in colpa, nonostante la sua innocenza.

"Mi dispiace che sia successo" disse lei, digrignando i denti tra le lacrime. "Non volevo che succedesse."

Sapeva che la sua unità avrebbe celebrato le loro azioni. Se lei non fosse mai stata catturata da Vyktor, se non avesse mai scoperto nulla sulla vera natura dei draghi, avrebbe festeggiato a sua volta, ma adesso provava solo una profonda tristezza per la perdita di tante grandi menti e anime. Chiunque avesse autorizzato l'attacco non capiva cosa stava facendo. C'erano state tante perdite insensate.

Vyktor l'aveva trattata come un animale domestico fin dall'inizio, cosa che non avrebbe dovuto fare, ma gli umani consideravano i draghi delle stupide bestie da macellare a volontà. Nessuna delle due parti era innocente, ma l'ultimo atto di aggressione aveva fatto pendere la bilancia dei peccati verso gli umani.

"Adesso, siamo noi i prigionieri" disse Eldor con gravità. "Bloccati in un mondo che non capiamo. I loro aerei ci stanno già dando la caccia. Moriremo di certo."

"No." Aria scosse la testa. "No. Vivrete. Me ne assicurerò io. Potete confondervi grazie alla forma umana, credo, solo che non ci avete mai provato davvero."

"Ma i nostri occhi" ribatté Vyktor. "Non appena qualcuno ci guarderà negli occhi..."

"Non preoccuparti degli occhi" lo interruppe Aria. "Questo, possiamo risolverlo. Possiamo sistemare tutto quello che serve. Voi siete in grado di trasformare la terra in oro. Con quel potere..." Scosse la testa. "Possiamo fare qualsiasi cosa. Ma..."

"Ma cosa, cucciola?"

"Forse, dovrò infrangere la legge. Un po'." Lo guardò da sotto le ciglia.

Vyktor le lanciò una torva occhiata, che stava a significare: *'non scherzare con me in questo momento, umana'*. "La legge umana o la mia?"

"Ah, la legge umana, ovvio."

Vyktor annuì, soddisfatto. "Nessun problema, cucciola."

* * *

Vyktor non era mai stato così orgoglioso di nessuno come di Aria. Sotto pressione, era stata garbata e aveva dato una mano al meglio delle sue capacità. E adesso, il suo naturale senso di giustizia e una sorta di compassione umana femminile l'avevano resa non solo la sua cucciola, ma la sua vera alleata.

Protetti dall'oscurità, Vyktor e i draghi scesero in volo verso una silenziosa cittadina rurale, arroccata in lontananza sulle pendici delle montagne, in un luogo che Aria chiamava 'Montana'. Questa zona del paese era piena di campi coltivati, a modo loro graziosi.

Vyktor volò con Aria stretta tra gli artigli, proprio come il giorno della sua cattura, ma stavolta era molto più preoccupato della possibilità di lasciarla cadere. Lei era la cosa più preziosa in qualsiasi mondo per Vyktor e doverla riportare a terra da altezze vertiginose era più spaventoso per lui che per lei.

"Potrei sedermi sulla tua schiena" aveva suggerito lei prima che partissero.

"E se cadessi? No" aveva insistito lui. "Ti terrò io, cucciola."

Nelle prime ore del mattino, aveva visto Aria intrufolarsi nel cortile di un'abitazione umana e raccogliere degli indumenti, appesi a un albero di vestiti all'aperto. Era entrata in diversi posti come quello, fino a procurarsi abbastanza abiti da coprire tutti, inclusa se stessa.

"Non mi piacciono questi vestiti" si lagnò Eldor dopo aver indossato ciò che gli aveva portato Aria, una camicia a quadri con larghi pantaloni marroni. "Sono troppo fragili ma anche troppo stretti."

"Stai bene" lo incoraggiò lei.

"Voglio qualcosa di simile ai tuoi" insistette Eldor.

"Eldor, questo è un abito intero da donna" spiegò Aria, paziente. "È raro indossarli per i maschi e attireremmo l'attenzione."

"Nel nostro mondo, i maschi possono indossare ciò che vogliono" bofonchiò Eldor. Vyktor sapeva che il vecchio si sentiva meglio, poiché era tornato il suo innato atteggiamento di esasperazione.

"Nel nostro mondo, i draghi nel bisogno non possono fare gli schifiltosi" replicò Aria con sfacciataggine.

"Basta così, cucciola" intervenne Vyktor, prima che il senso di offesa di Eldor sfociasse in una specie di lite.

Lei alzò gli occhi al cielo. Vyktor iniziava a capire che si era sbagliato sul conto degli umani. In realtà, erano quasi impossibili da addomesticare del tutto. Si poteva sottometterli con la seduzione per un breve lasso di tempo, ma il loro libero arbitrio sembrava sempre alzare la testa. Oppure era necessario un periodo di addestramento più lungo.

"Devo rubare un'auto" annunciò Aria con un sogghigno che non gli piacque affatto. "Dobbiamo allontanarci il prima possibile da questo posto."

CAPITOLO QUATTORDICI

*V*yktor si sforzò di non sbattere le palpebre, mentre le dita di Aria si muovevano pericolosamente vicine al suo occhio.

"Sta' fermo" gli ordinò.

Lui si ritrasse e le rivolse uno sguardo severo. "Come, prego?"

"Stai fermo, padrone, signore" sospirò lei, alzando gli occhi al cielo. "Se non la smetti di agitarti, non riuscirò a inserirle."

Vyktor si calmò e cercò di non muoversi. Non era facile. Si trattava di uno di una lunga serie di oltraggi a cui Aria l'aveva costretto a sottoporsi affinché lui potesse adattarsi al mondo degli umani. Le sue gambe erano ricoperte da un tessuto ruvido che lei chiamava 'denim'. Era il modo di vestire più popolare dell'intero pianeta, anche se Vyktor non riusciva a capire il perché. Un abito lungo era molto più comodo e non limitava i movimenti come quelle maniche di cotone per le gambe.

La metà superiore del suo corpo indossava quella che lei chiamava 'felpa con cappuccio', un indumento in fibra sintetica che sembrava fin troppo infiammabile per essere indossato a contatto con il corpo. Il cappuccio poteva essere tirato sopra la testa, cosa che gli piaceva, e l'indumento era abbastanza largo e le maniche abbastanza lunghe da nascondere del tutto le piccole squame sulle sue braccia. Anche le sue gambe e perfino i suoi piedi erano ricoperti da pantaloni di denim, scarpe con una morbida suola in gomma e una camicia, che non era affatto protettiva. Gli esseri umani sembravano prediligere abiti dallo scopo estetico.

Fino ad allora, gli occhiali da sole li avevano tenuti al riparo dagli occhi dei curiosi, ma Aria, non soddisfatta di quella soluzione, voleva provare qualcos'altro. Gli stava spingendo negli occhi dei sottili oggetti trasparenti, e non stava andando molto bene.

"Tieni gli occhi aperti" lo sgridò. "Basta tenere aperte le ciglia."

Le sue parole gli ricordarono quelle che le aveva detto lui stesso in circostanze molto diverse. Diventare rifugiati in un mondo diverso dal proprio, odiati dalla maggior parte della popolazione, non era stato facile per Vyktor, Eldor e gli altri sopravvissuti. Erano abituati a essere i padroni dei loro territori e, per il momento, erano come ratti che fuggivano in casa di qualcun altro.

La sua cucciola si era rivelata incredibilmente utile nel trovare dei modi per sopravvivere nel mondo degli umani. In pochi giorni, li aveva fatti uscire dalle montagne e portati in quello che chiamava 'motel'. Era una stanza piccola, un po' squallida per gli standard dei draghi, al pianterreno e vicino al livello del mare, cosa che non gli piaceva affatto, e anche se era stata costruita con quelli che Aria chiamava 'blocchi di calcestruzzo', Vyktor si sentiva comunque molto esposto con pareti dallo spessore di pochi centimetri. Era abituato a frapporre mezza montagna tra se stesso e il mondo degli umani.

"Ecco" disse Aria con espressione soddisfatta, quando riuscì a far scivolare la seconda scheggia nel suo occhio. "Lenti a contatto."

Vyktor si guardò allo specchio e vide che i suoi occhi sembravano quasi umani. Una pupilla rotonda aveva sostituito quella affusolata, e gli sembrava piuttosto strana, ma adesso lui assomigliava molto di più a una persona. I suoi occhi avevano perso anche la tonalità dorata: Aria aveva scelto il marrone per lui. Il suo volto era stato rivoluzionato.

"Ho un aspetto strano."

"Sei sexy" replicò lei con un sorriso. "E finché indosserai le maniche lunghe e i pantaloni lunghi, nessuno saprà mai che non sei umano."

Aria era inestimabile al momento: prendeva le pepite d'oro che lui aveva creato in piccole quantità e le scambiava con la valuta preferita degli umani, pezzi di carta estremamente infiammabile con dei numeri scritti sopra. Non aveva molto senso per Vyktor, che però accettò l'idea che ci sarebbe voluto del tempo per abituarsi al nuovo mondo in cui viveva.

Erano riusciti a mettersi in contatto con sette draghi in totale, incluso lo stesso Vyktor. Non ne sarebbero arrivati altri e non c'erano più stati avvistamenti. Agli umani piaceva comunicare di continuo tutte le proprie informazioni, quindi Vyktor era abbastanza sicuro che solo sette fossero sopravvissuti alla tentata evacuazione. Affittarono tre camere nel piccolo motel, stando lontani dalle finestre e dalle altre persone.

"Penso che tu abbia ragione, cucciola" disse, guardandosi allo specchio. "Penso che, in questo modo, potremmo confonderci tra la folla."

"Non appena avrete messo tutti le lenti a contatto, potremo uscire e iniziare a far fruttare l'oro" sorrise felice Aria.

"Ti sono grato, cucciola. Tu ci hai mostrato più misericordia di quanta ne avevamo mostrata noi a te."

"È vero" disse lei. "Avrei dovuto costringervi a spogliarvi nudi prima di aiutarvi."

"Lo farei volentieri" sorrise Vyktor, lanciandole un sorriso radioso, poi si strappò di dosso quei vestiti stretti ma fragili.

"Attento!" strillò Aria. "Non abbiamo molte scorte di vestiti. Devi indossare degli abiti in pubbl... Oddio!" Squittì quando Vyktor la sollevò di peso, iniziando a strapparle i vestiti. Voleva denudare lei e se stesso. Voleva essere dentro di lei. Era l'unico posto in cui si sentisse come a casa, ormai. Quando faceva l'amore con Aria, percepiva una familiarità che lo ricollegava a quello che era prima, il potente drago con la sua graziosa e piccola cucciola.

La buttò sul letto e fece scorrere le mani su di lei, sul suo corpo morbido e fin troppo umano. Aria sapeva che gli aveva impedito di provare risentimento nei confronti della razza umana? Alcuni di loro avevano mentito. Alcuni di loro avevano commesso un terribile crimine di guerra durante l'attacco finale. Se Vyktor non avesse avuto Aria, sarebbe forse diventato furioso con la loro intera specie. Erano solo in sette, ma sette draghi potevano causare molti danni.

Aria ignorava ancora quanto lei fosse importante, quanto fosse stata cruciale per cambiare le sorti della guerra e quante vite avesse salvato con il suo coraggioso messaggio.

Vyktor la baciò con passione, poi spostò la bocca sul suo corpo snello, fino a trovare le sue dolci parti intime. Lì, la divorò e le sue labbra e la lingua resero un tenero omaggio alla sua cucciola. Con un gemito, Aria infilò le dita tra i suoi capelli. Le sue cosce iniziarono a tremare mentre sprofondava nel piacere che le dava Vyktor.

Era quello che lui voleva vedere: Aria che si contorceva in un'estasi pura. Non si meritava niente di meno. Dopo tutto quello che le aveva fatto passare, dopo che l'aveva resa un agnello sacrificale per la sua specie, avrebbe passato il resto della vita ad assicurarsi che Aria avesse tutto quello che desiderava, e anche di più.

CAPITOLO QUINDICI

"*V*yktor, ho bisogno di parlarti" esordì Eldor. Entrò nella stanza di Vyktor un pomeriggio in cui Aria era fuori a procacciare del cibo e altre provviste per loro. Solo lei sapeva pilotare i veicoli a motore che gli umani facevano circolare dappertutto nelle loro città a tutta velocità, con grande orrore di Vyktor. Molte cose nel mondo degli umani venivano fatte per capriccio, tante persone correvano di qua e di là e molte di loro prestavano poca attenzione a quello che le circondava.

Il suo regno aveva un ritmo più calmo e calcolato. Di rado i draghi si radunavano in gruppi superiori a poche centinaia, e sicuramente non in decine di migliaia come succedeva nelle grandi città degli umani. Nel cuore di New York, Vyktor si sentiva un puntino insignificante. Era una strana sensazione, essere circondati dal nemico senza essere notati.

'Drago all'attacco!'. La televisione tuonò quelle parole, mostrando immagini di un enorme drago, delle dimensioni

di una città, che emetteva fuoco blu dalle narici. Vyktor soffiò con il naso, scuotendo la testa. L'invasione effettiva non era stata così drammatica.

Il titolo non riguardava un evento reale, ma un film che doveva uscire a breve al cinema. Gli umani stavano già romanzando gli eventi, raccontando la storia più volte e distorcendola sempre. L'eroe era puntualmente un umano coraggioso, che arrivava nella tana del drago e salvava le donne che i draghi stavano tenendo prigioniere. Era una storia migliore della realtà: lui aveva preso una donna umana per sé, ma nessun maschio si era mai fatto vivo, nemmeno a miglia di distanza dalla loro base.

"Vyktor?"

"Scusa, stavo solo guardando le storie degli umani" rispose. "Non ti piacerebbe avere quell'aspetto nella forma di drago?" Indicò il televisore, dove la creatura che si presumeva essere un drago aveva affondato gli artigli in una grande torre dorata per distruggerla.

"Devo parlarti di un argomento importante" dichiarò Eldor. "Magari potresti spegnere la TV."

Vyktor puntò lo sguardo su Eldor e notò che sembrava... teso. Più del solito, comunque. Erano tutti tesi, al momento, cosa che succedeva quando qualcuno dava loro la caccia.

Anche se non venivano notati facilmente per strada, tutti i draghi rimasti erano riluttanti a esporsi inutilmente. Avevano in mente di trasferirsi in zone più remote del pianeta, e di certo non in quel continente, dove venivano svolte ancora troppe indagini. Ogni giorno, i giornali e i programmi televisivi straripavano di teorie del complotto sui draghi. La fuga di alcuni draghi durante la resistenza finale era stata cancellata dai funzionari, ma Vyktor era quasi certo che sapessero molto bene che alcuni draghi erano riusciti a scappare. Avevano fatto irruzione nella loro tana pochi giorni dopo l'imboscata, il che suggeriva che gli umani fossero consapevoli del fatto che c'erano dei draghi a piede libero. Era impossibile stabilire cosa sapessero davvero gli umani e cosa stessero realmente facendo, quindi la miglior difesa nel frattempo era tenere un profilo basso e cercare un posto dove stare in cui nessuno li avrebbe disturbati.

"Cosa c'è che non va, Eldor?"

"La tua umana" rispose Eldor. "Si è procurata i documenti della nostra nuova casa?"

"Aria dice che non si può semplicemente andare al 7-Eleven e comprare un'isola" rispose Vyktor. "Ma non credo che occorra ancora molto tempo. Ha anche bisogno di noleggiare un aereo. Dovremo usare i mezzi di trasporto degli umani per non attirare l'attenzione con..."

"Quando ci sposteremo, dovrai lasciare qui l'umana" lo interruppe di colpo Eldor. "Ci darà solo problemi."

Vyktor rimase scioccato. Ma cosa stava dicendo Eldor? Di tutti i draghi, era proprio lui quello che aveva beneficiato maggiormente dell'assistenza di Aria, e adesso suggeriva di sbarazzarsi di lei, una volta portati a termine i suoi doveri?

"Cosa?"

"Mi hai sentito" insistette Eldor. "Non possiamo avere un'umana con noi."

"Direi il contrario. Abbiamo assolutamente bisogno di un essere umano con noi. E dovrebbe essere Aria."

L'espressione di Eldor si incupì ancora di più. "Non ci si può fidare di lei."

"Lei è l'unica persona di cui possiamo fidarci, l'unica ragione per cui non siamo morti. Ed è soprattutto grazie a lei se *tu* non sei morto" affermò Vyktor. Stava cominciando a perdere le staffe con Eldor. Invece di essere grato per tutto quello che Aria aveva fatto, ne parlava in un tono che Vyktor riteneva molto irrispettoso. "Quando sei rimasto ferito, si è assicurata che ti riprendessi. Ti è rimasta accanto mentre le tue ferite guarivano. Ha curato anche gli altri. Ed è stata lei a tirarci fuori di lì, a dirci dove volare dopo il tramonto, a *rubare* un'auto per noi! A me non interessa la legge degli umani, ma a lei sì... di tanto in tanto, almeno... e in questo caso, ne ha violata una importante. Se fosse stata catturata, l'avrebbero rinchiusa per diversi anni in una piccola gabbia. Non avrei potuto fare tutto questo da solo, e di certo, non avrei mai potuto farci ammettere in questo posto e trovare questi vestiti. Ci siamo confusi tra gli umani, come se fossimo uguali a loro, ed è l'unica cosa che ci ha tenuti in vita. Devi ad Aria la vita quanto la devi a me."

"Io non le devo un bel niente" replicò Eldor, arricciando il labbro superiore in segno di disprezzo. "È un'umana. Sono stati loro a commettere questo atto atroce. Sono piccole creature basilari, prive di buonsenso o di etica. Useremo le nostre risorse, costruiremo un altro portale e la faremo finita con questo posto. Ora che sappiamo qual è stato il loro errore, non dovrebbe essere difficile ripeterlo."

Vyktor sentì la rabbia montare dentro di lui, una rabbia protettiva che non era di buon auspicio per Eldor, se avessero continuato con quella conversazione. Non aveva imparato niente dalle sue esperienze sulla Terra? Oppure, incapace di sopportare il tradimento durante la ritirata, se la prendeva con Aria?

"Lei è stata l'unica umana al nostro fianco. Non si può dire che tutti gli umani siano uguali, Eldor. Non è così."

"La tua umana, l'hai addestrata" sottolineò Eldor a sua volta. "L'hai catturata, castigata e scopata, fino a raggiungere una sorta di addomesticamento. È la tua cucciola, ma è comunque umana ed è ancora uguale a tutti loro, sotto la facciata che le hai imposto. Sono una specie primitiva, in grado di manipolare la materia in maniera molto lenta per causare tragedie gravissime. Non mi piacciono, e non mi piace lei."

Vyktor annuì freddamente. Non sarebbe andato da nessuna parte con quella conversazione. Eldor aveva deciso, e il fatto che il peso delle ingiurie di Eldor gravasse su Aria, dopo tutto quello che lei aveva fatto e passato, lo rendeva più arrabbiato di quanto non volesse ammettere.

"Costruisci il tuo portale" replicò Vyktor. "Ma non dire una parola di più contro Aria, altrimenti sarà una delle ultime che pronuncerai. È la mia cucciola e rimarrà al mio fianco fino al mio ultimo respiro. Se quest'idea non ti piace, sentiti libero di andare per la tua strada e vediamo quanto tempo ci vorrà prima che gli umani ti scoprano. Cosa pensi che faranno a un drago solitario? Hai già visto come agiscono l'uno contro l'altro durante le loro guerre... eppure, hanno lo stesso sangue. Cosa pensi che faranno a una creatura che detestano?"

Ci fu una lunga pausa, in cui Vyktor si rese conto che la discussione era finita. Eldor aveva sviluppato una sana paura nei confronti degli umani e, anche se Aria poteva non piacergli, non era così stupido da non rendersi conto del suo ruolo essenziale.

"Verrai con noi, quando torneremo nel nostro regno" decretò Eldor. "Ti tornerà il lume della ragione."

"Non lascerò Aria, né questo pianeta. Quello che farai tu, sta a te deciderlo."

CAPITOLO SEDICI

*A*ria non avrebbe mai pensato di comprare un'isola. All'inizio, non aveva saputo da dove cominciare con la procedura di acquisizione, ma in seguito aveva scoperto che doveva soltanto prendere un aereo per la Grecia, incontrare un ex miliardario quasi sul lastrico e offrirgli più oro di quanto non ne servisse per quel titolo. Semplice.

Per diversi mesi, Aria e i draghi avevano vissuto una vita abbastanza idilliaca sulla loro isola privata. Faceva sempre caldo, c'era sempre il sole e Aria iniziava davvero a credere di poter vivere così. La guerra era finita ed erano al sicuro. La ricostruzione continuava, l'economia era stimolata da tutto il lavoro necessario per riparare i danni causati dalla guerra, si piangevano i caduti e sembrava che fosse insorto un nuovo spirito di ripresa. L'umanità aveva sconfitto un nemico pericoloso, di conseguenza c'erano stati festeggiamenti in tutto il mondo.

Eldor stava lavorando a un'altra versione del portale per riportare a casa i draghi che desideravano comunque andarsene. Sembrava fare progressi, ma Aria e Vyktor non prestavano molta attenzione al suo lavoro. A Vyktor non piaceva affatto pensare alla possibilità di tornare nel suo regno, e nemmeno ad Aria. Il regno dei draghi rappresentava il passato. Questo era il futuro, giorni di sole su un'isola così remota e così ben nascosta, in un vasto arcipelago, che non avrebbero mai più dovuto interagire con nessun mondo all'infuori del loro piccolo paradiso.

Aria e Vyktor passeggiavano mano nella mano sulla spiaggia. Occorrevano poco più di due ore per fare il giro dell'isola, un'abitudine che seguivano almeno una volta al giorno. La sabbia dorata ricopriva i piedi di Aria, con i suoi granellini che si insinuavano tra le dita mentre camminava scalza assieme all'uomo che amava più della sua stessa vita.

Si fermarono a baciarsi sotto una palma, dove spesso facevano l'amore. Era il loro angolino appartato, un luogo separato da tutto il resto. Vyktor non indossava più i vestiti degli umani e si era sbarazzato anche delle lenti a contatto: li teneva nella camera che condividevano nelle profondità della montagna.

"Penso..." Aria fece un respiro profondo. "Penso che questa sia la prima volta in cui mi sento davvero felice."

Con un sorriso, Vyktor fece scorrere le mani sulla sua schiena e la attirò a sé. "Credo di sapere cosa intendi, cucciola."

"Ti manca il tuo regno?"

La guardò, e lei seppe che la risposta doveva essere affermativa, anche se le sue labbra risposero di no. "Adesso, è questa la mia casa, cucciola, con te. Posso accettarlo. Abbiamo molti anni davanti a noi. Credo che, col passare del tempo, il mondo cambierà e, forse, non avremo bisogno di nasconderci per sempre. Per ora, ho te e questo piccolo mondo che abbiamo creato insieme."

Parlò con una passione così poetica che lei riuscì quasi a credergli, ma in fondo, sapeva che lui non poteva essere felice. I draghi desideravano volare, ma non potevano correre rischi. Alcuni dei più giovani erano stati scoperti ad allontanarsi di nascosto nel cuore della notte per volare intorno alle isole, cosa che Eldor e Vyktor avevano severamente vietato non appena la gente del posto aveva cominciato a diffondere delle voci sulla presenza dei draghi.

Vivere come creature bersaglio era stressante, il che si manifestava in vari modi. Eldor, in particolare, era diventato molto solitario e rabbioso. Non rivolgeva mai la parola ad Aria, non che le avesse parlato molto quando veniva tenuta prigioniera, ma adesso era un silenzio diverso, più sprezzante.

"Ti amo, cucciola" disse Vyktor, chinando la testa per baciarla. "E amo la nostra vita insieme. Basta preoccuparsi."

Lei si arrese al suo bacio e lasciò che l'amante dragone cancellasse ogni preoccupazione con le incursioni della sua lingua.

All'improvviso, Vyktor interruppe il bacio, lasciandola ansimante contro il suo petto. Guardò in alto e verso l'orizzonte, e Aria percepì che ogni muscolo del suo corpo si era irrigidito.

"Cosa c'è che non va?" Lo guardò con preoccupazione.

"Penso che dovremmo tornare alla base" rispose lui. "Adesso."

"Perché?" Aria guardò nella sua stessa direzione, ma i suoi occhi non riuscivano a capire cosa avesse scorto lui.

"Penso che, tra poco, avremo una compagnia molto spiacevole."

"Cosa intendi dire?"

Vyktor indicò a nord-est. Lei impiegò un paio di secondi, ma poi notò la fonte del suo turbamento: una flotta di elicotteri volava in mare aperto e sotto navigavano dei motoscafi militari dotati di un'importante artiglieria.

Il cuore di Aria iniziò a battere forte. Mentre l'adrenalina si diffondeva nel suo corpo in un istante, provò un formicolio alle dita di mani e piedi. "Oddio" boccheggiò. "È un'invasione!"

"Alla base, cucciola" ordinò Vyktor con calma. "Difenderemo questo posto al meglio delle nostre possibilità…"

"Non saremo in grado di difenderlo. Non esiste alcun nascondiglio. Lo distruggeranno, centimetro dopo centimetro!" Sentì gli occhi inondati di lacrime. Perché non potevano essere lasciati in pace? Nessuno dei draghi aveva reagito con aggressività dopo il tradimento nell'area del portale.

"Non saranno in grado di penetrare…"

"Sì, invece. Hanno bombe in grado di sventrare le montagne. Se ci nasconderemo nella base come topi, loro la faranno esplodere per tirarci fuori."

"Vieni. Torniamo alla base" ripeté Vyktor. "C'è ancora tempo. Potrebbero non sapere che siamo qui. Magari, stanno solo cercando qualcosa."

Non c'era tempo, però. Ormai, avevano i minuti contati. Era così fin dal momento in cui il portale era stato richiuso... e Aria lo sapeva, anche se si era permessa di negarlo di continuo. Lei, comunque, capiva sempre quando il tempo era scaduto, come in quel momento.

Vyktor, invece, no. Pensava sempre di poter aggiustare tutto. Non gli passava per la testa l'idea di poter essere sconfitto. Tenendola per mano, la guidò su per la collina, verso una delle botole. I draghi avevano scavato con impegno l'isola rocciosa, creando un complesso di tane all'interno delle colline, inospitale per qualsiasi umano, ma che non avrebbe rappresentato una sfida per dei marines addestrati. Aperta la botola, spinse dentro Aria, poi, in sostanza, la trascinò ai piani inferiori della loro base, dove Eldor e gli altri li stavano già aspettando. A quanto pareva, ogni drago dell'isola si era accorto del problema.

"Dunque, siamo in una brutta situazione" esordì Aria, con un debole sorriso che non funzionò.

"Il tuo esercito sta venendo a prenderci" commentò tetro Eldor. "Ci sono almeno sedici elicotteri d'attacco in arrivo."

"Come ci hanno trovati?"

"Satellite? Sonar? Forse un aereo di linea ha visto qualcosa e l'ha comunicato? Non lo so. Magari, siamo stati traditi." La guardò in modo molto scortese, e lei si lasciò andare contro il corpo di Vyktor.

"Perché dovrei tradirvi? Vi ho aiutati a fuggire!"

"Chissà perché gli umani si comportano in determinati modi" brontolò Eldor. "Non m'importa. Per fortuna, la mia macchina è in qualche modo operativa. Apriremo questo portale. Non è stabile, ma ormai non è un fatto rilevante. Deve solo aprirsi abbastanza a lungo da permetterci di attraversarlo. Avrei dovuto aprirlo da tempo, e invece ti ho dato ascolto, Vyktor, quando hai detto che saremmo stati al sicuro qui." Lanciò un'occhiata velenosa in direzione di Vyktor, mandando Aria su tutte le furie.

"Probabilmente, è stato proprio il tuo maledetto generatore di portali a condurli qui!" esclamò. "Te l'ho detto, quegli aggeggi consumano energia. Anche se abbiamo i nostri generatori, non significa che l'energia non possa essere rilevata. Quest'isola, probabilmente, viene rilevata dai loro radar per colpa di tutta la vostra attività elettromagnetica."

"Ho dovuto testarlo" ringhiò Eldor.

"Perché?"

"Proprio per questo motivo" borbottò lui. "Per l'arrivo degli umani il giorno in cui saremmo rimasti intrappolati come topi tra queste fredde rocce."

"Li hai portati dritti da noi" gli disse Aria. "Non sono stata io a tradirvi, ma tu. Ansioso di fuggire, ci hai uccisi tutti."

Calò il silenzio dopo le sue parole, che fu poi spezzato da un ringhio di Eldor. "Tieni la tua cucciola sotto controllo, Vyktor."

"Non penso che dovremmo aprire il portale. Secondo me, dovremmo reagire e combattere" ringhiò Vyktor, cingendo le spalle di Aria con un braccio e allontanandola da Eldor, sempre più nervoso.

"Per cosa? Potremmo anche sconfiggere questi elicotteri, ma loro ne manderanno altri. Non ci lasceranno stare, Vyktor. Ci seguiranno in ogni angolo della loro terra. Dobbiamo fuggire. Il portale non è stabile, ma credo di poterlo alimentare a sufficienza per attraversarlo."

"Io non me ne vado" dichiarò Vyktor. "Non senza Aria. E dato che non posso portarla con me, non me ne vado."

"Sì che verrai."

"No" affermò Vyktor, con un'espressione intensa che Aria non aveva mai visto. "Non verrò."

La tensione nella stanza era tale che Aria si sentì quasi soffocare. Vyktor ed Eldor si fissarono l'un l'altro con occhi pieni di qualcosa di simile all'odio. La rabbia di Eldor per l'insubordinazione di Vyktor era evidente in ogni suo lineamento e nei suoi pugni stretti. Da parte sua, Vyktor tenne la testa alta e continuò a fissare il drago dagli occhi grigi.

"Ti darò un'ultima possibilità per rispettare le regole, generale" insistette Eldor. "Non abbiamo più tempo per discutere, e io non ho più tempo da perdere con la tua fantasia di vivere come un umano."

"E cosa farai per fermare…"

Vyktor non terminò la frase. Uno degli altri draghi, alle sue spalle, sollevò un pesante pezzo di metallo e lo calò sulla sua testa. Vyktor cadde come un sasso, e Aria gridò mentre lui crollava a terra privo di sensi.

"Cosa state facendo?"

Nessuno le rispose, ignorandola del tutto. Aria cercò di gettarsi in avanti per vedere se Vyktor stava bene, ma loro la bloccarono con i loro corpi e i suoi tentativi di oltrepassarli furono inutili. I loro movimenti suggerivano che avevano pianificato tutto. Sconvolta dal tradimento davanti ai suoi occhi, Aria guardò gli uomini di Eldor che sollevavano un Vyktor in stato d'incoscienza.

"Che diavolo!" Aria si fece avanti e posò una mano sul braccio di Eldor. "Che storia è? Cosa volete fargli?"

"Scusa" rispose Eldor, "ma Vyktor è troppo importante per lasciarlo qui, e non gli permetteremo di morire a causa della sua..." La guardò con un labbro arricciato. "...curiosa ossessione nei confronti di un'umana."

Le diede le spalle e iniziò ad abbaiare ordini.

"Il portale non rimarrà aperto per più di trenta secondi. Affrettatevi ad attraversarlo. Non assumete la forma del volo finché non sarete tornati nel nostro regno. Pronti?"

"Pronti!" gli rispose un coro di voci.

Aria non riuscì a fermarli. Non aveva il potere di sopraffarli, e anche se avesse potuto impedire a Eldor di aprire un portale, avrebbe significato condannare a morte Vyktor. Un piccolo esercito stava confluendo verso la loro posizione.

Lui attivò il portale. Per un istante, non accadde nulla, e Aria si sentì al contempo felice e piena di orrore, poi comparve un piccolo cerchio sospeso. Raggiunse i due metri di diametro, e alla fine, Aria ottenne ciò che aveva sempre desiderato: guardare dall'altra parte e vedere il mondo dietro il portale. Scorse alte scogliere bianche con grandi edifici a spirale. Scorse un cielo limpido, pieno di draghi di tutti i colori e dimensioni che descrivevano piroette in volo. Scorse il mondo a cui apparteneva Vyktor... e lei no.

I draghi trasportarono il corpo privo di sensi di Vyktor dall'altra parte del portale luccicante, uscendo durante la finestra di trenta secondi menzionata da Eldor. Per fortuna, ci riuscirono, poiché i bordi di quell'aggeggio scintillarono e crollarono su loro stessi dopo un paio di secondi.

"Addio" sussurrò Aria mentre il portale si richiudeva, lasciandosi dietro le spesse pareti di pietra intorno a lei e il rumore di pesanti stivali che scendevano la miriade di scale sovrastanti.

Nel giro di pochi secondi, si ritrovò da sola. Tradita e con il cuore spezzato, Aria si accasciò a terra e lì rimase. L'unico barlume di speranza a cui poteva aggrapparsi era la consapevolezza che Vyktor fosse vivo dall'altra parte della barriera del regno.

Soffriva senza di lui. Fu un dolore immediato, quasi fisico, che la lasciò paralizzata. Iniziò a singhiozzare in un fiume di lacrime di dolore, che le davano l'impressione che il suo cuore fosse stato davvero spezzato. Con quella sofferenza nel petto e un buco nello stomaco, aveva l'impressione che il mondo fosse al contempo dolente e triste.

Sopra di lei, sentì i militari sfondare le porte e aggirarsi nelle varie stanze e nei depositi. Avrebbero trovato l'oro e i gioielli, così come tutte le prove della sua vita con i draghi.

Alla fine, una detonazione sopra di lei aprì l'ultima porta. Il rumore la assordò per un momento, e la luce dell'esplosione la lasciò stordita e disorientata, mentre un'orda di militari inondava le scale per raggiungerla.

"Dove sono quei fottuti draghi?!" gridarono, puntandole contro le armi in una maniera terrificante. Quando la afferrarono bruscamente per rimetterla in piedi e poi la spinsero in ginocchio, Aria pensò di essere sul punto di morire. Quegli uomini erano venuti per il sangue, ed era stato negato loro.

"Se ne sono andati!"

"Dove?!" La scossero con violenza. Le batterono i denti mentre veniva attraversata da una nuova scarica di adrenalina. Se Vyktor fosse stato lì, avrebbe ucciso ognuno di quegli uomini seduta stante, non aveva alcun dubbio.

"Nel posto da cui sono venuti!" gridò al suo interrogatore.

"Bugiarda!"

"Non sto mentendo. Hanno creato un portale. L'hanno attivato quando si sono accorti del vostro arrivo e se ne sono andati."

"Cazzo!" L'uomo che la interrogava sferrò un potente calcio al generatore del portale. "Portate questa stronza fuori di qui."

Le venne infilato un cappuccio scuro in testa e le sue mani furono legate dietro la schiena. Aveva sempre saputo fin dall'inizio che, se fossero venuti a prenderla, non sarebbe stata una missione di salvataggio. Da un lato, si stupì del fatto che non le avessero sparato in quattro e quattr'otto. Forse, pensavano che sapesse qualcosa.

Fu sollevata da terra e trascinata bruscamente su per le scale di quella che era stata la sua casa. Alla fine, la gettarono su un elicottero in attesa. Nessuno di loro le rivolse la parola, ma Aria sentì la derisione da parte di coloro che, un tempo, erano stati i suoi compagni. La consideravano la cosa peggiore che potesse essere una persona: una traditrice. Non solo nei confronti del suo paese, ma di tutta la sua specie.

CAPITOLO DICIASSETTE

"*Cosa?!*" La rabbia di Vyktor fece tremare la roccia della montagna. Si era risvegliato nel regno dei draghi, furioso e con il mal di testa. "Dov'è Aria?"

"È tornata al suo posto, con il suo popolo" rispose Eldor con calma. "L'abbiamo fatto per il tuo bene, Vyktor. Eri ossessionato da lei. È solo un'umana."

"Un'umana che..."

"Sì, lo so, ci ha salvato la vita. I pesci che mangiamo salvano le nostre vite nutrendoci, ma non abbiamo storie d'amore con loro, Vyktor. Ora che sei tornato qui, capirai. Ti si schiariranno le idee. Capirai che ho fatto la cosa giusta per te."

Vyktor agguantò Eldor e ringhiò, con i denti digrignati a poca distanza dal naso di quest'ultimo: "Tu costruirai un altro dispositivo. Aprirai il portale e mi farai tornare sulla Terra, altrimenti ti distruggerò pezzo per pezzo come una delle tue macchine, finché non ci sarò riuscito, Eldor. Spargerò i brandelli della tua carne e ti darò in pasto agli uccelli davanti ai tuoi occhi."

Pronunciò quella minaccia senza alzare la voce, il che la rese ancora più spaventosa. Tutti coloro che la sentirono capirono subito che la violenza in essa contenuta era assolutamente veritiera.

"Non posso farne un altro..."

"Troverai un modo" insistette Vyktor. "Altrimenti, per te sarà la fine. Lo giuro su mio padre."

CAPITOLO DICIOTTO

"*A*scolti" disse l'uomo elegante con il completo troppo largo, "non sono stupidi. Sanno che le lucertole avevano bisogno di aiuto e che è stata lei a fornirglielo. Ci sono delle riprese della sicurezza che la inquadrano mentre trasferisce l'oro per loro, fa acquisti, li aiuta e li appoggia con atti criminali. C'è un'auto rubata..."

Aria lo stava a malapena ascoltando. Era esausta e infelice più di quanto non ritenesse possibile. Era stata gettata in una cella e vestita, ma spogliata di ogni speranza. Il collare che Vyktor le aveva dato era stato rimosso dal suo collo, senza dubbio per usarlo come prova contro di lei. Cosa strana, Aria riusciva ancora a sentirlo, nonostante la sua assenza.

Era seduta in una piccola cella, con la luce sempre accesa e le pareti così vicine da poterle raggiungere e toccare con entrambe le mani. Le guardie venivano due volte al giorno a darle da mangiare, ma non in orari specifici. Sarebbe stato brutto se le avessero dato soprannomi o l'avessero giudicata, ma facevano di peggio: la ignoravano del tutto. Quel trattamento aveva lo scopo di spezzare il suo spirito, una crudeltà in aggiunta alla crudeltà della sua situazione.

Aria non sapeva quanto tempo fosse passato prima della visita di quell'avvocato. Poteva essere un giorno o una settimana.

Le cose devono peggiorare per poter migliorare.

Le tornarono in mente le parole di Vyktor e rivolse un lieve sorriso al tavolo. Le mancava molto, ma una parte di Vyktor era ancora con lei. Anche con i piedi ancorati al pavimento e le mani ammanettate alla scrivania, una piccola parte di lei si sentiva libera nei ricordi.

"Ascolti" ripeté il suo avvocato. "Se vuole rivedere la luce del giorno, dovrà spiegare com'è stata catturata e torturata..."

"Non sono stata torturata" replicò Aria di getto. "Sono stata... addomesticata."

L'avvocato socchiuse leggermente gli occhi. "Cosa vuol dire 'addomesticata'?"

"Vuol dire..." Come spiegare quello che aveva passato senza sembrare pazza? Aria non lo sapeva. Quelle persone non capivano. La questione era semplice per loro: draghi = il male. E solo una persona pazza o malvagia avrebbe offerto loro il proprio aiuto. Il governo stava facendo pressioni per la seconda opzione, invocando la pena di morte.

"L'hanno rinchiusa contro la sua volontà?"

"Ero tenuta prigioniera" rispose Aria. "Fino a quando non hanno tentato di ritirarsi. Si sono comportati con onore. Noi no. Noi..."

"Quindi, lei è stata tenuta prigioniera" la interruppe l'avvocato. Non gli interessava sapere la verità, stava solo cercando di buttare giù una storia con cui tirarla fuori dai guai. Aria pensò che fosse una cosa positiva, ma non era la verità. Mentre era così vicina alla morte, la verità sull'accaduto era diventata molto importante per lei.

"Volevano sapere come andare d'accordo con gli umani" cercò di spiegare. "Volevano vedere se c'era un modo per... addestrarci."

Niente di quello che diceva migliorava la situazione. Le era stato fatto il lavaggio del cervello, affinché credesse di amare Vyktor? Era successo davvero come diceva il suo avvocato? In tal caso, perché le era sembrato invece così diverso?

"All'inizio, sì, stavano facendo degli esperimenti, credo" disse, cercando di spiegarsi meglio. "Ma lui l'ha fatto perché voleva trovare un modo per interrompere la guerra. I draghi non sapevano davvero cosa fossimo. Ci consideravano degli animali."

"Quindi, l'ha addestrata come un animale?"

"In un primo momento, sì."

"Ci sono stati rapporti sessuali?"

Aria annuì.

"Allora, è stata violentata."

"Non da lui."

"Da chi?"

Aria guardò il suo avvocato negli occhi. "Da lei."

"Io? Non c'ero nemmeno."

"Intendo dire, lei come... società. Quando mi sono arruolata, ero una ragazzina perduta e incasinata. Loro si sono presi cura di me, poi mi hanno usata come strumento per portare a termine un lavoro. A me andava bene. Ma lui mi ha insegnato cosa significava essere una donna. E loro... i draghi... non hanno mai voluto la guerra. Volevano ritirarsi."

Al suo avvocato non sembrava interessare niente di tutto questo. Con un'espressione impassibile e poco comprensiva, ripeté: "Sto cercando di fare in modo che lei non venga accusata di tradimento, signorina Thomas-Jones. Significherebbe la pena di morte."

"Forse ero destinata a morire" replicò Aria. "In quel deserto, quando il mio aereo è caduto. Se quel drago non mi avesse inseguita, sarei morta lì, quel giorno. Lui mi ha dato mesi d'amore che non si vivono così facilmente. Se devo morire adesso, va bene. Almeno non passerò una vita intera a sentire la sua mancanza."

Il suo avvocato le lanciò una lunga occhiata. "Parlerò di capacità di intendere e di volere ridotta e di compromesso psicologico" affermò. "Qualsiasi cosa le abbiano fatto, l'ha cambiata."

"Questo è vero" concordò Aria.

"È nel suo migliore interesse fare appello alla corte come vittima. È stata una prigioniera di guerra."

"Sì" annuì lei. "Vero."

"Quindi, tutto quello che dobbiamo fare è spiegare perché li ha aiutati dopo il Colpo Finale. Coercizione da parte loro, forse. L'hanno costretta ad aiutarli? Veniva tenuta prigioniera su quell'isola?"

Aria avrebbe dovuto mentire e basta: Vyktor se n'era andato ed era sola. Ma non ci riusciva. Le erano rimasti solo i ricordi e la verità di ciò che era successo tra loro. Inoltre, non aveva mai creduto, nemmeno per un secondo, di poter respingere quelle accuse. Il governo era determinato a fare di lei un esempio. Il suo volto era stato pubblicato su ogni rivista, sito web, giornale e volantino del paese. Agli occhi del mondo, era già colpevole. Non capivano che il governo aveva mentito loro e davano la colpa ai draghi per gran parte della distruzione causata.

Qualcuno bussò alla porta, interrompendo la riunione. Il suo avvocato sembrò sollevato.

"Abbiamo bisogno della prigioniera. Dobbiamo farla visitare da un medico."

"Volete assicurarvi che io sia in salute prima di giustiziarmi" rise Aria con tristezza. "Datemi un proiettile e facciamola finita."

Nessuno prestò attenzione alle sue parole. A nessuno importavano. La liberarono dalle catene e la accompagnarono in un ambulatorio, dove venne legata a un letto mentre un dottore dall'atteggiamento perennemente monocorde iniziava a visitarla. Aria seguì le indicazioni, ma resistere era inutile. Fece pipì nella tazza quando le fu ordinato, poi tornò dov'era e si lasciò incatenare di nuovo.

"Ah" disse il medico pochi minuti dopo. "È interessante."

"Cosa?" Aria sollevò la testa.

Il dottore la guardò con i suoi occhi spenti e opalescenti e pronunciò tre parole che cambiarono tutto: "Lei è incinta."

Aria lo fissò. "Non è possibile. Non sto con un uomo da..."

Non era stata con un uomo... ma con un drago sì. Vyktor. Santo cielo... Era davvero possibile?

"Si sdrai, per favore" disse il medico. "Sollevi la maglietta."

Prese una macchina a ultrasuoni, le spruzzò un po' di gel sulla pancia e iniziò a muovere la sonda avanti e indietro sul suo ventre. Aria guardò il viso del medico mentre faceva una smorfia.

"Mi dispiace, signora, ma penso che ci sia un difetto."

"Cosa c'è che non va?"

"Questo... ehm... questo... ha..." Il medico chiamò l'assistente. "A te cosa sembra?"

"Mi sembra normale. Battito cardiaco forte... tutti gli arti sono presenti correttamente... e..." Anche la voce dell'assistente si spense. "Ali?"

Oddio. Era di Vyktor.

Il dottore stava parlando di nuovo, non con lei, ovviamente. "Dovremo predisporre le cose in maniera diversa finché... non sarà nata la creatura. I possibili studi sono..."

Aria aveva pensato di conoscere la paura quando aveva volato per la prima volta con un jet, quando il drago aveva strappato via il tettuccio della cabina di pilotaggio sopra di lei, con il suo alito di fuoco e gli artigli affilati. Ma non aveva mai conosciuto la paura vera, profonda, primordiale di qualcuno che voleva fare del male alla vita dentro di lei.

"No" disse con voce tremante di rabbia. "No, non farete del male..."

"Sedala" ordinò il medico al suo assistente.

Quest'ultimo obbedì e iniettò il sedativo nel collo di Aria. Quasi subito, il mondo diventò offuscato.

"No..." Aria si protese verso le manette. Doveva liberarsi, ma la debolezza la stava già sopraffacendo.

Sentì che qualcuno le toglieva le manette e la spostava, ma non poté fare alcunché mentre due guardie la issavano su una barella e cominciavano a spingerla di nuovo verso la sua cella.

"La prostituta delle lucertole" mormorò una di loro. "Scopava con le lucertole. E adesso, porta in grembo una lucertola."

"Magari, l'hanno costretta" rispose l'altro uomo.

"No, li sta difendendo" disse la prima guardia. "È una lurida puttana delle lucertole, ecco cosa."

Dove cazzo eri tu, quando andavo in missione, eh? Qui, in questo bunker, tranquillo e al sicuro, scommetto. Non sei mai stato nel raggio di cento miglia da una lucertola, figuriamoci così vicino da essere scopato da una di loro. Non sai di cosa diavolo stai parlando. Nessuno di voi due lo sa.

Aria provò a dire tutto questo e molto altro ancora, ma dalla sua bocca fuoriuscì solo un lungo gemito incoerente, pieno di suoni vagamente simili a parole, che strappò una risata alle guardie.

Quando riprese conoscenza, Aria provò una dolorosa tristezza, così profonda che riusciva a malapena a sopportarla. Se si trattava di lei, e soltanto di lei, era contenta della morte, ma ora non più. Aveva un'altra creatura per cui lottare, e di una vulnerabilità infinita. Una creatura nata dal suo corpo e dal sangue di Vyktor... se i medici non avessero deciso di compiere i loro 'studi' prima.

Non era mai stato così importante combattere, e lei non era mai stata così incapace di farlo. Non c'era niente da usare come strumento nella cella e non c'era via d'uscita. Le pareti di quell'edificio avevano uno spessore di diversi metri, quindi non aveva alcuna possibilità di scavare un cunicolo.

Dovette fare uno sforzo per respirare lentamente e non lasciarsi prendere dal panico. Ci sarebbe stata una via d'uscita. C'era sempre. Quello che doveva fare era stare calma e zitta e cogliere a qualunque costo la prima occasione. Non c'era più spazio per la prudenza nel suo mondo.

CAPITOLO DICIANNOVE

I giorni passavano e Aria sentì comparire uno sfarfallio nel ventre. Era più forte di quanto si aspettasse e le ricordava che non era più sola. L'avevano rinchiusa in una cella singola, nel tentativo di spezzare la sua forza di volontà, ma una parte di Vyktor era ancora con lei e stava portando qualcosa di nuovo, qualcosa che, Aria lo sentiva, avrebbe comportato una lotta.

Non c'erano novità sul suo caso. Senza dubbio, la gravidanza aveva cambiato le carte in tavola. Sapeva che sarebbe stata l'ultima a scoprire il suo destino. I giorni passavano e, anche se aveva tutte le ragioni per perdere la speranza, i movimenti nella pancia le ricordavano che c'era qualcuno là fuori che si prendeva cura di lei più di quanto non capissero le persone che la tenevano prigioniera.

Durante una 'notte' anche troppo luminosa, Aria si stava sforzando di dormire nella sua cella, sempre illuminata. Aveva chiesto che il ciclo giorno/notte venisse ripristinato per aiutare la gravidanza, ma nessuno sembrava preoccuparsi per lei o la sua prole. Nonostante la tortura di negarle qualsiasi senso del tempo, era chiaro, grazie ai controlli più o meno frequenti, che le settimane passavano. Settimane in cui il pancione cominciò a crescere e il drago dentro di lei diventò più potente.

Clic.

Da qualche parte, nel cuore di quello che pensava fosse la notte, Aria sentì la porta della sua cella sbloccarsi. Conosceva il lieve *clic* che, di solito, annunciava che uno stronzo stava per portarla da qualche parte. Si alzò a sedere di scatto, proteggendo il pancione con le mani, e aspettò che il soldato venisse a portarla via.

Non successe nulla. Non c'era nessuno. Si alzò, raggiunse la porta in punta di piedi e saggiò la maniglia. Con sua viva sorpresa, si aprì.

Guardò in corridoio e non vide nessuno. Che stava succedendo? La sua cella era stata sbloccata per puro caso? Qualcuno si era appoggiato al pannello di controllo? Era possibile? Era una trappola? Aria lo ignorava. Tutto quello che sapeva era che il destino, o qualcos'altro, le aveva offerto una possibile via di fuga, e lei l'avrebbe sfruttata.

Aria si appiattì contro la parete e si diresse verso la postazione delle guardie. Sapeva dove si trovava almeno una di loro... e la probabile posizione di un arsenale. Tutte le guardie erano armate. Non sapeva perché non fosse ancora stata scoperta. Ogni zona dell'edificio era sotto costante sorveglianza, ma in qualche modo, riuscì a raggiungere la postazione delle guardie senza essere catturata. Anche la porta era aperta.

"Psst!"

Si girò e vide una figura indistinta avvicinarsi alle sue spalle. Era un prigioniero, si capiva dalla pelle pallida e dalla brutta tuta. Anche lei ne indossava una identica.

"Hanno disattivato tutto" sussurrò lei. "Cosa succede?"

"Non lo so" sussurrò lui. "Ma io me la filo, stavo solo facendo una perlustrazione per assicurarmi di aver preso tutti. Ci sono altri cinque uomini nell'unità, rintanati sopra di noi. Le guardie sono in superficie. Una specie di attacco. Qualcuno vuole tirare fuori un prigioniero di qui a tutti i costi."

Aria non conosceva quell'uomo, ma sapeva di condividere l'espressione nei suoi occhi. Erano pronti a fare qualsiasi cosa pur di vedere di nuovo la vera luce del giorno e il mondo tutt'intorno diventare buio al calare della notte. Erano pronti a sentire il vento sul viso, il semplice lusso di una brezza. Quell'uomo, con il quale Aria sentiva una forte affinità, avrebbe potuto fare qualsiasi cosa. Il peggio del peggio aveva scovato quel carcere, ma Aria non l'avrebbe giudicato.

Insieme, corsero al piano superiore, dove, come aveva detto lui, si era radunato un gruppo di prigionieri. Sembravano tutti pallidi e disperati, proprio come lei. Loro sei erano degli estranei, ma con uno scopo in comune: fuggire.

Si erano armati al meglio. Un uomo aveva uno sturalavandini, un altro una cucitrice. Un energumeno dall'aria particolarmente brutale teneva in mano quella che sembrava la gamba di una sedia di metallo. Nessuna delle loro armi sarebbe servita contro un uomo armato di pistola, ma nemmeno questo li fermava.

Presto, si scoprì che tutte le porte della struttura erano aperte. Tutti i sistemi elettrici erano inattivi e non c'erano più soldati.

"Impulsi elettromagnetici" mormorò qualcuno. "Dev'essere stato un attacco massiccio."

Uscirono alla luce di un pomeriggio di sole... ritrovandosi di colpo nel bel mezzo di un feroce scontro.

"Porca puttana, draghi!" boccheggiò Aria, alzando lo sguardo verso la furiosa tempesta grigia sopra la struttura. Un portale! Creature alate si riversavano dal portale e andavano avanti e indietro sopra i soldati presi dal panico con armi da fuoco troppo piccole per essere utili contro di loro. Dovevano essere almeno una ventina e volavano di qua e di là, gettando il posto nel caos totale.

"Vyktor!" Aria gridò il nome del suo amante. "Vyktor!" ripeté, e un grande drago rosso dai segni scuri volò basso sopra le loro teste, girò su se stesso e atterrò sotto il fuoco nemico, abbattendo diversi soldati mentre il suo pesante corpo faceva tremare la terra sotto di lui. Abbassò l'enorme testa su Aria e la annusò delicatamente con il naso squamato.

Aria singhiozzò e abbracciò quella testa ricoperta di squame. Riusciva ad abbracciare solo una piccola parte di Vyktor in quella forma, ma aveva bramato così tanto il suo tocco che si sarebbe accontentata di qualsiasi cosa... e anche nella forma mostruosa di drago, sapeva che era lui. Quei grandi occhi dorati non mentivano.

Sentì i suoi artigli avvolgerla e sorreggerla con delicatezza, mentre veniva raccolta sulla Terra e portata nei cieli sulle ali del drago. Aria e il suo drago raggiunsero insieme il portale e andarono dall'altro lato.

* * *

"Amore mio. La mia cucciola."

Aria guardò gli occhi dorati che era stata sicura di non rivedere mai più. Vyktor, seduto accanto a lei, le sfiorò le labbra con la bocca. All'inizio, non riusciva a crederci. La stanza in cui si trovavano non sembrava reale. Vyktor aveva volato con lei sopra un grande oceano, fino a un villaggio sulle scogliere dove le case erano state scolpite nella parete delle alte rocce scoscese. Era la stessa scena che aveva visto grazie alle parole di Vyktor, ma molto più vivida e grandiosa per essere reale.

Lì, lui si era trasformato davanti ai suoi occhi e l'aveva portata in una casa più incredibile e sontuosa di qualsiasi altra Aria avesse mai visto sulla Terra. Ora, sedevano insieme su un letto morbido e Aria era completamente nuda. La prima cosa che aveva fatto dopo aver messo piede a terra era stata gettare via la brutta tuta che aveva segnato la sua prigionia. Adesso, giaceva ammassata sul pavimento, un oscuro ricordo del mondo dal quale era fuggita.

"È reale? Sto sognando?" Con gli occhi offuscati dalle lacrime, ripeté la domanda più volte.

"Non stai sognando" rispose lui, con voce pacata e tonante accanto a lei. "Ti ho presa, cucciola mia. Ti ho presa."

Aria passò le mani sul suo volto, lo toccò e assaggiò con le labbra e la lingua, sentì il suo odore. Era lui. Non si trattava di un sogno, né di un miraggio. Lui. Scoppiò in lacrime di puro sollievo e gioia.

"Shhhh, cucciola" mormorò Vyktor, abbracciandola e stringendola al punto che Aria riusciva a malapena a respirare. "Ti ho presa. Scusa se sono stato via così a lungo. Ora ho te, cucciola. E non ti lascerò andare."

"Vyktor" mugugnò lei, quando riuscì ad articolare di nuovo le parole. "C'è una cosa che devi sapere..."

Vyktor la interruppe con un bacio.

"Lo so, Aria" disse. "So che hai dovuto essere troppo coraggiosa per troppo tempo. So cosa ti hanno fatto passare. Prima che il portale fosse completamente attivo, c'è stato un periodo in cui riuscivamo ad avere una visuale parziale, abbastanza da vedere dall'altra parte. So che ti hanno tenuta rinchiusa in una piccola gabbia tutta sola. So che sono stati crudeli con te. So quello che ti hanno detto, fatto e…" La sua mano si posò sul suo ventre. "So cosa cresce dentro di te. Non credevo che una cosa del genere fosse possibile, quando ci siamo accoppiati, ma questo, amore mio, è la nostra salvezza."

"Volevano impadronirsene..." disse Aria. "Dopo la nascita. Vivrò abbastanza a lungo, qui, per salvare questa vita?" Sapeva cosa significava essere portata nel regno dei draghi. Sapeva che sarebbe morta nel mondo di Vyktor, ma forse, il bebè no. Forse, poteva fermarsi abbastanza a lungo da vedere almeno...

"Shh, cucciola" disse Vyktor. "Te la stai già cavando molto meglio dell'uomo che era arrivato prima di te. Non vedo segni di malattia sulla tua pelle. Secondo i nostri medici, il fatto che tu abbia del sangue di drago in te, che le tue cellule e le mie si siano mescolate per creare una nuova vita… significa che non siamo molto diversi. Significa che condividiamo gli stessi elementi essenziali della creazione, e loro sono convinti che il bebè possa averti dato una certa resistenza. Sei cambiata, Aria, anche se forse non lo sai. Forse, non ti cresceranno mai le ali, non volerai mai senza una delle tue piccole macchine, ma sei più forte di quanto immagini. Puoi sopravvivere nel nostro regno. Non sei più una terrestre."

Aria lo fissò: non sapeva se fosse vero, ma non le importava. Preferiva un giorno solo passato con Vyktor piuttosto che qualsiasi esistenza si fosse lasciata alle spalle sulla Terra.

"Spero solo che vada tutto bene" disse, mentre il drago le accarezzava la pancia.

"Lui sta bene."

"Lui?"

"Mhm." Vyktor annuì. "È un maschio."

"Le tue mani magiche hanno anche dei sonografi incorporati?" Aria sorrise tra le ultime lacrime.

"No" ammise Vyktor, dandole un bacio sulla testa. La posizionò sul suo grembo e la tenne vicina. "Mi dispiace tanto, cucciola" ripeté, per quella che doveva essere la millesima volta.

"Non è stata colpa tua" gli ricordò Aria. "Sapevo cosa mi sarebbe successo, se avessero scoperto che ti aiutavo."

"Ricordo che, all'inizio, ti avevo detto che non eri forte come credevi" disse Vyktor. "Mi sbagliavo. Sei molto più forte di quanto potessi immaginare."

"Beh, te l'avevo detto" replicò lei con un lieve sorriso.

"Vorrei che non fosse stato necessario dimostrarlo in questo modo" commentò lui, dandole lievi baci sul viso. "Meritavi decisamente di meglio, cucciola. Da me e dalla tua gente. Passerò il resto dei miei giorni a viziarti, amore mio. Avrai il meglio in tutto e non ti mancherà nulla. Te lo prometto."

"Non ho bisogno del meglio in tutto" rispose Aria tra un bacio e l'altro. "Solo di te."

"E mi avrai, cucciola. Sempre."

CAPITOLO VENTI

*V*yktor si sentì decisamente sollevato ad avere Aria nel suo regno. Il portale di Eldor aveva impiegato molto più tempo a funzionare di quanto sperato, e intanto, Vyktor aveva saputo che Aria era in pericolo. Era rimasto completamente impotente, proprio nel momento in cui aveva più bisogno di potere. Temeva quello che avrebbe potuto fare a Eldor, se non fosse stato l'unico a comprendere quella tecnologia. Invece, Eldor era andato in esilio in un posto lontano, subito dopo l'attivazione del portale. Una scelta saggia da parte sua. Vedendo Aria in quella piccola e orribile cella, con suo figlio che si dimenava nella sua pancia, Vyktor avrebbe strappato il cuore a Eldor se fosse stato nei paraggi.

Aria era al sicuro, ma di certo, Vyktor aveva tradito le aspettative della sua compagna lasciandosi prendere in giro da Eldor, e lo detestava. Per sei lunghe settimane, lei era stata alla mercé dei suoi umani, crudeli in un modo che Vyktor non poteva nemmeno immaginare. L'avevano privata di ogni compagnia. L'avevano denigrata e alienata. Avevano fatto di lei il capro espiatorio dell'invasione, anche se non era stata altro che una pedina, disposta a dare la vita in guerra per difendere le loro città.

Di giorno, Aria sorrideva, e quando facevano l'amore, lei rispondeva impaziente come sempre, ma nel buio della notte, quando pensava che lui dormisse, la sentiva singhiozzare e piangere. Le permise di sfogare il dolore per un paio di notti, ma alla fine non riuscì più a sopportarlo. Per quanto Aria volesse la sua privacy, Vyktor non sopportava di ascoltare il suo dolore continuare in quel modo.

Mentre era seduta davanti alla finestra, con le guance rigate di lacrime, Vyktor si alzò nell'oscurità e la abbracciò. "Ti ho presa, cucciola. Va tutto bene. Ora sei al sicuro."

"Mi dispiace" disse Aria, tirando su col naso. "Non so perché io stia piangendo. Non so cosa mi sia preso."

"Hai perso il tuo mondo" mormorò il drago. "È una vera perdita, una per cui essere in lutto. E sei incinta. Nel mio breve periodo trascorso sulla Terra, ho capito che le femmine umane diventano molto emotive in questo periodo. Non c'è niente di sbagliato in te e non hai nulla di cui vergognarti."

"Ma... sono felice qui!" Lo guardò con un sorriso scialbo e scoppiò di nuovo in lacrime. "Non so cosa c'è che non va."

"Sei stata coraggiosa per così tanto tempo, cucciola" continuò lui. "Hai negato la tua paura, la tua rabbia e la tua tristezza, ma questo è un luogo sicuro e, forse, una parte di te lo sa. Forse, quello che provi non riguarda la situazione attuale. Magari, sono le emozioni che non potevi provare prima."

"Può darsi" commentò lei, tirando su col naso. "Credo di sì."

"Torna a letto" disse Vyktor. "Se vuoi piangere, voglio che tu lo faccia sopra di me."

CAPITOLO VENTUNO

Quando finalmente ebbe pianto tutte le sue lacrime, Aria scoprì di essere felice. Felice come aveva immaginato di poter essere, e anche di più. Perfino più felice di quando avevano vissuto per mesi sulla piccola isola nell'Egeo. Cullata dalle braccia di Vyktor, si sentiva al sicuro e amata con la massima intensità possibile.

Probabilmente, lui aveva ragione ed era colpa degli ormoni. Ogni giorno, il suo corpo cambiava e diventava sempre più evidente che cresceva una vita dentro di lei. Con il passare dei giorni, pian piano, le sue lacrime notturne si ridussero e Aria iniziò a godersi la vita nel regno dei draghi.

Era stupendo proprio come l'aveva visto nelle visioni che Vyktor le aveva mostrato. Sembrava che tutto fosse stato costruito in proporzioni gigantesche. Le montagne erano più alte, le spiagge più lunghe, il mare più blu. I draghi non costruivano città come quelle degli umani: edificavano le loro case nelle formazioni naturali della terra, proprio com'era successo nelle Montagne Rocciose. A differenza di

quella semplice base militare, le case dei draghi presentavano decorazioni, le porte erano marchiate da sigilli e da
scritte che Aria stava imparando a leggere. C'era arte in
tutto quello che facevano. Per i draghi, il mondo era qualcosa da scolpire.

La casa di Vyktor e le dimore di molte forze militari erano
situate all'interno di alte scogliere di marmo bianco, create
dalla natura. La roccia di quella terra era solida e di colore
chiaro, e con essa avevano creato una città affacciata
sull'acqua.

Se paragonata alla casa di Vyktor, ogni abitazione in cui
erano stati sulla Terra impallidiva. Aria avrebbe pensato che
una casa scavata nella parete di una scogliera sarebbe stata
buia e opprimente, ma i draghi sapevano come lasciar penetrare la luce anche nelle stanze più in profondità, e c'erano
dappertutto balconi e finestre dalle proporzioni generose.
La sua casa, la loro casa, occupava un angolo naturale della
scogliera, in modo tale che la luce potesse penetrare da
entrambi i lati e illuminare i pavimenti accuratamente
lucidati.

Ampi balconi e sentieri correvano lungo il fianco della
scogliera, collegando le case e le aree commerciali della
città, che ospitavano ogni genere di artigiano. Erano stretti
in alcuni punti, e la pietra levigata poteva essere scivolosa
quando pioveva, ma non era un problema per i draghi, che
di rado usavano i gradini e le scale e potevano assumere la
forma del volo ben prima di finire in acqua.

Se fosse esistita una lamentela da parte di Aria, allora
avrebbe riguardato il fatto di essere rimasta bloccata nel
regno dei draghi. Non c'erano aerei, ovviamente. Perché

dovevano esistere aerei in un mondo dove tutti potevano volare? A volte, si sedeva sul balcone di una finestra e guardava i draghi volteggiare nel cielo. Stavano solo svolgendo compiti abbastanza banali, ma Aria li invidiava. Di tutte le cose terrestri che le mancavano, l'accesso al cielo era quella di cui provava più nostalgia.

Non si lamentò, però; sapeva di essere fortunata a non dover passare la vita a fissare la parete di una cella. E c'erano molte cose da fare, oltre a guardare il cielo. L'acqua brulicava di vita, l'oceano era così pulito da riuscire a vedere a diversi metri di profondità e a osservare banchi di pesci rossi e arancioni dai colori vivaci che giocavano.

"Sta' attenta, cucciola" ripeté Vyktor, forse per la centesima volta, afferrando Aria per la parte posteriore della tunica prima che lei potesse sporgersi oltre il bordo della scogliera per guardare i pesci. "Il tuo pancione è pesante."

"Sono enorme" rise lei, facendo scorrere le mani sul pancione. Ormai, si riconosceva a malapena. Il suo viso era rotondo, la pelle molto più abbronzata e il corpo più morbido dappertutto. Le piaceva sentirsi così. Si sentiva piena e completa, e sapeva di essere amata e adorata alla follia.

Vyktor la attirò tra le sue braccia e la baciò a fondo. "Accadrà molto presto, cucciola" mormorò. "Saremo in tre."

"Sei pronto per questo?" Lei gli pose quella domanda mentre lui le sfiorava con affetto il pancione.

"Se sono pronto a vedere mio figlio? Assolutamente sì."

"Figlio o figlia" gli ricordò con un sorriso. Vyktor era un amante premuroso sotto ogni aspetto, ma in termini umani, l'avrebbero ritenuto un tradizionalista.

"È un maschio" dichiarò con sicurezza.

"E tu come fai a saperlo?"

"Lo so e basta" sogghignò Vyktor.

Aria rise di lui. Era impossibile che lo sapesse, tuttavia non insistette, lasciandolo alle sue fantasticherie. A giudicare dai crampi che avevano iniziato a manifestarsi in fondo alla pancia, non mancava molto tempo, ormai.

* * *

Aria si svegliò di notte e seppe che era arrivato il momento. Non ci fu alcun trambusto. Vyktor era al suo fianco e, mentre iniziavano le contrazioni e lei cominciava a gridare per il dolore che la scuoteva dall'interno, lacerandola per partorire una nuova forma di vita, lui iniziò a canticchiare una canzone profonda e potente, che riecheggiava nei suoi muscoli e leniva gran parte del dolore.

Aria sentì la pressione in profondità dentro di lei, poi il suo corpo iniziò ad aprirsi in un modo strano e meraviglioso. Il dolore era sparito grazie al canto del drago, rimaneva solo la pressione, che scemò e fluì finché, finalmente, non si sentì un pianto. Un suono puro, che la riempì di una gioia così intensa da inondarle il viso di lacrime.

"È qui" annunciò Vyktor, la voce piena di orgoglio. "Mio figlio."

Lo tenne sollevato, il bimbo che avevano generato, la creatura per la quale Aria si era aggrappata alla vita. Guardò Vyktor tenere in braccio loro figlio e, nel suo sfinimento, provò orgoglio e un senso di completezza. Questo era il punto di arrivo dopo una catena di eventi. L'incidente. La cattura. La gabbia. Tutto era successo per quel momento, quella scintilla di vita che univa i regni in un'unica carne.

"Questo è l'inizio di tutto" mormorò, mentre Vyktor posava suo figlio tra le braccia di Aria. "Vero?"

Aria abbassò lo sguardo sulla creaturina che si dimenava, dalle forme perfette, proprio come un bambino umano, e sentì dentro di lei un profondo senso del destino. Era un bimbo appartenente a due mondi, che da adulto avrebbe potuto unirli. Per il momento, tuttavia, il bimbo era felice di rannicchiarsi contro la sua pelle calda e iniziare a succhiare il latte.

"Non abbiamo ancora pensato a un nome" commentò lei. "Kenny, John o un nome qualsiasi della mia famiglia non sembrano adatti."

"Vilka" disse Vyktor. "Significa 'comandante di molti'."

Aria annuì mentre guardava il neonato che allattava. "Vilka" accettò. "Un nome perfetto per un bambino perfetto."

Vyktor sorrise e si sedette accanto a lei per darle un bacio sulla testa e guardare con adorazione la sua piccola famiglia. "Ha il tuo sangue, cucciola, e il mio. Potrebbe non essere del tutto perfetto."

"Sarà sempre perfetto per me" mormorò Aria.

"Proprio come dovrebbe essere."

EPILOGO

"*M*amma, possiamo andare a volare?"

"La mamma non può volare" ricordò Aria a Vilka. Era un ragazzino brillante, che cresceva rapidamente grazie ai geni di suo padre. I draghi crescevano e maturavano molto più rapidamente della prole umana e, da adulti, rimanevano sani e pieni di vitalità molto più a lungo. Aria andava orgogliosa di Vilka. Non aveva mai preso in considerazione l'idea della maternità sulla Terra, ma adesso non l'avrebbe più cambiata per niente al mondo. I capelli scuri di Vilka, dai riflessi rossi, provavano che era figlio di suo padre. Aveva i suoi stessi occhi e il suo amore per il cielo.

Vilka si accigliò, diventando molto simile a suo padre. "Non è giusto che tu non possa farlo" disse con semplicità.

"Beh, è solo..."

"Hai ragione, ragazzo" intervenne Vyktor, varcando la soglia della loro nuova casa sulla scogliera. Si erano trasferiti lì dopo la nascita di Vilka. Era un luogo perfetto per crescere un drago, con molto spazio sicuro per volare e tanti altri draghi con cui giocare. Aria sorrise al suo compagno mentre le si avvicinava per abbracciarla, dandole un bacio sulla tempia.

"Vieni, cucciola" disse. "Ho una sorpresa per te."

Continuava a chiamarla 'cucciola'. Anche se il significato iniziale del termine era ormai svanito da tempo, a lei piaceva il modo in cui la faceva sentire. Sicura, protetta, amata.

Lasciato Vilka a giocare a casa di un amico, Aria e Vyktor attraversarono gli stretti e tortuosi passaggi della città fino a un ampio magazzino, scavato in un dirupo in cima alla montagna. La terra era piatta e dritta per diverse miglia nella parte anteriore, a differenza della maggioranza delle terre dei draghi. Era quasi come se fosse stata appositamente scavata per uno scopo.

Lanciò a Vyktor un'occhiata di curiosità, ma non gli chiese cosa stavano per fare. Era sicura di scoprirlo presto. Di solito, succedeva così con Vyktor.

"Ho fatto qualcosa per te" la informò. "So che ne senti la mancanza. Non sarà come sulla Terra, ma..."

Aprì le grandi porte, molto più alte di Aria, senza alcuno sforzo. Sbirciando nell'oscurità, Aria cercò di capire quale fosse la sorpresa, poi, mentre il sole dei draghi illuminava montanti e sostegni, le sfuggì un grido di pura eccitazione.

"Oh mio Dio!" urlò a Vyktor. "È stupendo!"

Vyktor le aveva fabbricato un aereo! Non come quelli che lei aveva pilotato sulla Terra, ma un elegante meccanismo progettato in base alla forma del volo dei draghi. Le ali erano grandi e ripiegate, ridimensionate e raccolte proprio come quelle di un drago. Le tonalità smeraldo e oro brillavano sotto l'abbagliante luce del sole. Il corpo del velivolo consisteva in un ponteggio molto leggero color osso, con sedile, pedali e barra di comando. Era una delle cose più belle che Aria avesse mai visto. Ogni sua parte era stata creata non solo per il funzionamento, ma anche considerandone la forma. Vyktor non aveva semplicemente assemblato un aereo, ma le aveva dato un corpo con cui volare.

"Ho affidato questo lavoro al nostro artigiano il giorno del tuo arrivo, così potevi tornare in cielo" spiegò Vyktor, dandole un bacio. "So che ti mancava. Mi dispiace solo che ci sia voluto così tanto tempo, ma si tratta di una macchina complessa."

Dopo un rapido bacio, Aria tornò a ispezionare l'aereo, camminando intorno al velivolo e toccandone ogni parte. A differenza di un aereo, non c'erano motori e non vedeva fonti di energia.

"È un aliante? Hai intenzione di trainarmi?"

"No, non avrai bisogno di me per usarlo" rispose Vyktor. "Ti porterà dove vorrai."

Aria si acciglò, confusa. "Come viene alimentato?"

"Le squame assorbono e convertono le radiazioni affinché si sollevi con le ali" spiegò lui. "Puoi ritrarre le ali se vuoi scendere in picchiata, oppure aprirle per risalire o planare. Potrebbero esserci alcuni problemi all'inizio, mentre impari a manovrarlo, quindi voglio che, per ora, tu lo usi con me, così potrò prenderti in caso di caduta."

"Voglio sempre volare con te" rispose Aria. "Ho volato da sola anche troppo a lungo".

Si abbandonò tra le sue braccia e al suo bacio. Vyktor le aveva dato il suo cuore, il suo mondo e il cielo.

"Vieni, cucciola" disse. "Vediamo come funziona."

Aria si arrampicò sul seggiolino del pilota, allacciò le cinture di sicurezza e ispezionò i comandi. Erano perlopiù basati sugli aerei a cui era abituata, anche se non c'erano contatori e spie, niente che le rivelasse l'altitudine o la distanza di volo. Si sentiva piuttosto spoglia senza i suoi strumenti, ma il solo fatto di stare seduta su un velivolo le infondeva un'enorme gioia.

Portò il suo nuovo mezzo fuori dall'hangar, adocchiò la fine della pista e premette la manetta del gas. Era molto strano sentire che iniziava a muoversi senza la spinta di un motore pesante. Aria non si aspettava molto da quella macchina, tranne forse un rombo durante lo spostamento in avanti e poi una partenza verso il cielo, invece, con sua sorpresa e gioia, bastarono un lieve tocco per far schizzare il velivolo in avanti e un guizzo della barra di comando per alzarsi in volo. In pochi secondi, si ritrovò in cielo tra lacrime di gioia, mentre la sagoma più pesante di Vyktor si sollevava accanto a lei per volarle accanto. Le sue ali sbattevano in modo simile a quelle meccaniche dell'aereo drago di Aria.

Mentre attraversava i cieli dei draghi, Aria non riusciva a cancellare il sorriso dal suo volto. Il suo aereo meccanico alato volava con un'alacrità e un'allegria che riflettevano le capacità del progettista. Vyktor non le aveva fabbricato un aereo solo per sostituire quello che lei aveva perso sulla Terra; le aveva dato qualcosa che le permetteva di provare le stesse sensazioni di un drago, di muovere la punta di un'ala per roteare nel cielo, di volare in alto descrivendo parabole sinuose e di scendere sull'oceano che scorreva rapido sotto di lei.

Così, Aria trovò finalmente la felicità nel regno che adorava, con l'uomo che amava e il figlio di cui andava più orgogliosa di qualsiasi altra cosa. Da quel giorno in poi, tre forme furono in grado di alzarsi in volo: il drago, la donna e loro figlio.

* * *

Dopo vent'anni dei draghi (due anni in termini umani)...

"Quel ragazzo sarà la mia rovina" brontolò Vyktor, mentre una forma umana precipitava fuori dalla finestra della loro camera da letto. Sentirono un *fwomp*, dato dall'apertura di grandi ali, poco prima di finire in acqua, e le grida dei giovani guerrieri che loro figlio guidava nelle sue audaci imprese.

I suoi capelli cominciavano a diventare grigi all'altezza delle tempie, e anche quelli di Aria. Non perché fossero entrati in un'età molto avanzata, ma perché il figlio li aveva sfiancati per buona parte di due decenni.

"Non è più un ragazzo, caro" gli ricordò Aria. "È un uomo."

"Non è un uomo, è un monello. Proprio come sua madre. Lo scusi troppo, cucciola."

"È giovane" replicò Aria. "I giovani umani si comportano così. Gli fa bene."

"Non è così che si comporta mio figlio" ringhiò Vyktor.

"A quanto pare, sì!" Aria tirò fuori la lingua e ridacchiò di fronte alla sua espressione corrucciata.

"Mi occuperò di te quando avrò finito con lui" le promise in tono minaccioso, cosa che sembrò preoccuparla molto meno che in passato.

"Ti prego, fallo" rise Aria, mentre Vyktor andava a cercare suo figlio.

Vyktor era in pensiero per lui. Vilka non era come gli altri draghi. Era cresciuto un po' più lentamente di loro, il che lo rendeva più determinato a dimostrare la sua forza. La sua forma di drago era vigorosa come la loro, comunque, e lui aveva ereditato la forza d'animo di sua madre e le abilità di suo padre. Stava già iniziando a sfidare l'ordine del loro piccolo villaggio sul mare.

"Vilka!" sbraitò fuori dalla finestra. "Vieni qui!"

Pochi minuti dopo, Vilka comparve nell'ufficio di Vyktor. Aveva diciott'anni ormai, era bello e muscoloso, una perfetta sintesi di sua madre e suo padre, anche se in quel momento sembrava solo infastidito e indocile per il fatto di essere stato allontanato dalle sue attività insensate. A Vyktor non importava. Quel ragazzo era suo figlio, fatto per cose più grandi che sprecare i suoi giorni sulle scogliere.

"Dovresti allenarti" gli disse, "non andartene in giro a volare."

"Mi sono allenato ieri" replicò Vilka, gettando la testa all'indietro con occhi socchiusi. "Non posso passare tutto il mio tempo ad allenarmi, padre."

"Potrebbe arrivare il giorno in cui ti pentirai di non esserti allenato con maggiore impegno" ringhiò Vyktor. "Ricordatelo."

"Ah, certo, per esempio? Tutti i portali sono chiusi…"

"E rimarranno chiusi" dichiarò Vyktor con voce rauca.

"Penso che dovremmo aprirne uno" disse Vilka. "Voglio vedere da dove vengo. Beh, da dove viene metà di me."

Avevano già affrontato quella discussione, da quando Vilka era diventato abbastanza grande da rendersi conto che lui e sua madre non erano uguali agli altri draghi. La sua curiosità nei confronti degli umani era vivida… ed estremamente pericolosa.

"Il portale rimarrà chiuso" disse Vyktor a quel ribelle di suo figlio.

"Ma sono solo… Non hanno le ali. Non sono forti come noi! Non possono essere pericolosi."

"Non sai affatto di cosa siano capaci gli umani, ragazzo" ringhiò Vyktor. "Finché ci sarò io, questo portale rimarrà chiuso. Lo dico non in qualità di genitore, ma come tuo generale. Adesso, va' al centro di addestramento. Un giorno, dovrai comandare degli uomini e non porteranno rispetto a un fannullone."

Con un labbro arricciato, Vilka fece un inchino petulante e lasciò solo Vyktor.

Vyktor lo osservò andare via con un senso di trepidazione. Un giorno, lui stesso non sarebbe stato più in vita e quel ragazzo avrebbe scatenato l'inferno sulla Terra. Lo sapeva e non poteva fare molto per impedirlo.

Fine

POSTFAZIONE

Stormy Night Publications desidera ringraziarti per
l'interesse dimostrato per i nostri libri.

Se questo libro ti è piaciuto (o anche se non ti è piaciuto), ti
saremmo davvero grati se lasciassi una recensione sul sito
su cui l'hai acquistato. Le recensioni ci forniscono un
feedback utile per noi e per i nostri autori e, sia che si tratti
di commenti positivi che di critiche costruttive, ci consente
di lavorare di più e meglio per assicurarci di fornire i
contenuti che i nostri clienti desiderano leggere.

Se vuoi scoprire altri libri di Stormy Night Publications, se
vuoi saperne di più sulla nostra azienda, o se vuoi iscriverti
alla nostra newsletter, visita il nostro sito all'indirizzo:

http://www.stormynightpublications.com

Printed by Amazon Italia Logistica S.r.l.
Torrazza Piemonte (TO), Italy

53840613R00141